それは真実《しんじつ》の愛《あい》をみつける心《こころ》の旅《たび》のはじまりでした。
これはこれはかわいいおじょうさん
野獣《やじゅう》の気持《きも》ちがわかるかね
野獣《やじゅう》の悲《かな》しみを知《し》り
あなたは幸運《こううん》にめぐまれます
さまざまな困難《こんなん》にぶつかり
こうすれば野獣《やじゅう》は怒《おこ》ってベルを殺《ころ》すはずよ
やがて成長《せいちょう》していくベル。
二人《ふたり》の恋《こい》の結末《けつまつ》は…？
これで最後《さいご》だ
映画《えいが》では語《かた》られない心《こころ》の秘密《ひみつ》がえがかれる『美女《びじょ》と野獣《やじゅう》』
はじまります！

この物語《ものがたり》のおもしろポイント

ポイント1 映画《えいが》にはないキャラクター、おねえさんズ

ベルにはおねえんさんが
ふたりいます。しかも、どっちも、
すんごいイジワル!
きたないワナをベルにたくさん
しかけてきます。でも、けっこう
トホホなとこもあったりしますから、
「まーたイジワルを!」と
笑《わら》いながら読《よ》んでください。

ポイント2 野獣《やじゅう》の城《しろ》は、魔法《まほう》の城《しろ》!

野獣《やじゅう》の城《しろ》は、いろんな
魔法《まほう》にあふれてます!
かってに用意《ようい》される料理《りょうり》や、
しゃべる肖像画《しょうぞうが》たち、
ふしぎな本《ほん》や、魔法《まほう》の鏡《かがみ》、
銀《ぎん》の指輪《ゆびわ》などなど。
たのしい魔法《まほう》がたくさん
でてきますよ～♪

ポイント3

物語《ものがたり》のモチーフはバラの花《はな》!

この物語《ものがたり》のモチーフはバラです。
あらゆる場面《ばめん》でバラが登場《とうじょう》します。
バラはベルにとっても、野獣《やじゅう》にとっても、
大切《たいせつ》な“あるもの”の象徴《しょうちょう》なのです。
ですから、バラが登場《とうじょう》したら、
「なにか意味《いみ》があって出《で》てくるんだな…」
と思《おも》ってくださいね。

ポイント4

どうしてベルは野獣《やじゅう》を好《す》きになるの?

きみは恋《こい》をしたことがありますか?
ある人《ひと》もない人《ひと》も、人《ひと》がどうして
恋《こい》に落《お》ちるかを考《かんが》えることは、
とても大事《だいじ》なことです。
この物語《ものがたり》のベルは、どうして野獣《やじゅう》を
好《す》きになったんでしょうか?
読《よ》みおえたら、お友《とも》だちと話《はな》して
みてね。

この物語《ものがたり》に登場《とうじょう》する人《ひと》たち

ベル

本《ほん》が大好《だいす》きな美人《びじん》さん。恋《こい》にもドレスにも興味《きょうみ》なし。

野獣《やじゅう》

魔法《まほう》の城《しろ》の主《あるじ》。あることがきっかけでみにくい姿《すがた》になった。

上《うえ》のおねえさん

ベルの上《うえ》の姉《あね》。ずるがしこくて、いじわる。

下《した》のおねえさん

ベルの下《した》の姉《あね》。かしこくないけど、いじわる。

おとうさん

娘思《むすめおも》いの商人《しょうにん》。もとは金持《かねも》ちだったけど、一晩《ひとばん》で貧乏《びんぼう》に。

貴婦人《きふじん》

ベルの夢《ゆめ》にでてきたふしぎな人《ひと》。野獣《やじゅう》の知《し》り合《あ》い？

100nen-meisaku

100年《ねん》後《ご》も読《よ》まれる名作《めいさく》

美《び》女《じょ》と野《や》獣《じゅう》

作／ボーモン夫人　編訳／石井睦美
絵／Nardack　監修／坪田信貴

もくじ

1 町《まち》いちばんの美《び》女《じょ》

むかし、ひとりの商人《しょうにん》がいました。
絹《きぬ》でおりあげられた美《うつく》しい布《ぬの》や羊《ひつじ》の毛《け》でできたじゅうたん、ふしぎな香《かお》りのする香辛料《こうしんりょう》、ひと口《くち》で酔《よ》ってしまう強《つよ》いお酒《さけ》や苦《にが》いけれどききめのある薬《くすり》——そんな世《よ》にもめずらしい高価《こうか》なものを売《う》り買《か》いするのが、この商人《しょうにん》の仕事《しごと》でした。
商人《しょうにん》が世界《せかい》のどこかから買《か》ってくる品物《しなもの》は、お金持《かねも》ちのひとたちにどんどん売《う》れるので、商人《しょうにん》はとても裕福《ゆうふく》でした。
この商人《しょうにん》には三人《にん》のむすめがいました。三人《にん》とも美《うつく》しいむすめでしたが、とりわけ、いちばん下《した》のむすめの**ベル**は目《め》をみはるほどきれいでした。

小《ちい》さいころに母親《ははおや》を亡《な》くしたむすめたちが、ふびんでしかたのない商人《しょうにん》は、ほしがるものをなんでも買《か》ってやりました。

上《うえ》のふたりのむすめはドレスやくつや宝石《ほうせき》を、末《すえ》むすめのベルは本《ほん》をほしがりました。

年《とし》ごろになるとおねえさんたちは、着《き》かざってはパーティーに出《で》

かけ、お金持《かねも》ちでかっこいいおむこさんを見《み》つけることにいっしょうけんめいになりました。

いっぽう末《すえ》むすめのベルはパーティーが大《だい》の苦手《にがて》。家《いえ》にこもって本《ほん》を読《よ》むのがいちばんの楽《たの》しみで、おとうさんから知《し》らない国《くに》の話《はなし》を聞《き》くのも好《す》きでした。

ベルがおとうさんにお茶《ちゃ》をいれてあげたり、おとうさんの話《はなし》に熱《ねっ》心《しん》に耳《みみ》をかたむけている姿《すがた》を見《み》ると、おねえさんたちは「本《ほん》ばかり読《よ》んでいる変《か》わり者《もの》のおべっかつかい」とかげぐちをたたきました。

おねえさんたちには、妹《いもうと》にたいするやさしい気持《きも》ちなどこれっぽっちもなくて、あるのはみにくい嫉妬《しっと》の心《こころ》だけでした。ふたりはいつも、ベルに見《み》くだしたような口《くち》のききかたをして、冷《つめ》たい態度《たいど》をとっていました。

それでもベルは、おとうさんのことと同《おな》じようにおねえさんたちのことも大切《たいせつ》に思《おも》っていました。ただときおり「おねえさまたちがもうちょっとやさしくしてくれたらどんなにいいかしら」と思《おも》うことはあったのですが。

ある日《ひ》のこと、悪《わる》い知《し》らせがおとうさんにもたらされました。いく艘《そう》もの船《ふね》を仕立《した》てて世界《せかい》のあちこちから送《おく》らせたたくさんの品物《しなもの》が、船《ふね》もろともしずんだというのです。しずんだのは、品物《しなもの》だけではありません。船《ふね》に乗《の》っていた大《おお》ぜいの使用人《しようにん》たちも一度《いちど》に亡《な》くなってしまったのです。そのことはおとうさんにとって、品物《しなもの》をうしなったことよりはるかにショックなことでした。

のこされた家族《かぞく》のくるしみを思《おも》うと胸《むね》がいたみ、せめてじゅうぶんなお見舞《みま》いのお金《かね》を払《はら》ってやりたいとおとうさんは思《おも》いました。そのためには、莫大《ばくだい》なお金《かね》が必要《ひつよう》です。まだ払《はら》っていない品物《しなもの》の代《だい》金《きん》もありますから、いくら裕福《ゆうふく》な商人《しょうにん》といっても、たくわえたものだけではとうてい足《た》りません。

「**屋敷《やしき》を手《て》ばなすしかあるまい**」

おとうさんは心《こころ》をきめると、むすめたちを呼《よ》んで、事情《じじょう》を説明《せつめい》し、いなかにある小《ちい》さな家《いえ》にうつって、自分《じぶん》たちだけで、くらしていかなくてはいけないとつたえました。

「うそでしょ、いなかなんて嫌《いや》よ！」

上《うえ》のおねえさんがさけびました。
「がまんおし。もうわたしたちには、そこしかのこっていないんだから」
と、おとうさんはやさしくさとしました。
「そこから、どうやってパーティーに行《い》ったらいいのかしら？　馬車《ばしゃ》はある？　従者《じゅうしゃ》はいるの？　お手伝《てつだ》いは？」

と、下《した》のおねえさんが必死《ひっし》にたずねました。

「パーティーになど行《い》かないんだから、馬車《ばしゃ》も従者《じゅうしゃ》もいらないんだよ。畑《はたけ》をたがやすのも食事《しょくじ》を作《つく》るのも自分《じぶん》たちだ。使用人《しようにん》もお手伝《てつだ》いもいない」

と、おとうさんが答《こた》えると、おねえさんたちは顔《かお》をひきつらせ、口々《くちぐち》に言《い》いました。

「おとうさまは、じょうだんをおっしゃっているのよね？」

「ええ、じょうだんにきまっていますとも」

「じょうだんではないよ。悪《わる》いが、早《はや》くしたくをしておしまい」

ふたりのおねえさんたちは、ワンワン泣《な》きだしました。

「おとうさまがわたしたちを不幸《ふこう》にしたんだわ！」

「そうよ、なにもかもおとうさまのせいよ！」

そうさけぶと、すっかり元気《げんき》をなくしているおとうさんをのこして、自分《じぶん》たちの部屋《へや》へもどってしまいました。

ふたりは抱《だ》きあって、身《み》の上《うえ》に起《お》きた不幸《ふこう》をなげき、またひとしきり泣《な》きました。そして泣《な》きやむと、いちばん大《おお》きなトランクに、入《はい》るだけのドレスをつめはじめました。

「おとうさま。元気《げんき》を出《だ》して」

ベルがやさしく言《い》いました。

「悪《わる》いことをしたね、ベル」

おとうさんがわびると、ベルはやさしく言《い》いました。

「すこしも悪《わる》いことなんかないわ。おとうさまがしたことは亡《な》くなったかたのご家族《かぞく》を思《おも》えばとうぜんよ。それに、わたしは町《まち》よりいなかが好《す》きよ。畑《はたけ》をたがやしたり、本《ほん》を読《よ》んだりしてしずかにくらせたら、言《い》うことはないわ。おとうさま、おかあさまのバラの木《き》の、いちばん小《ちい》さな苗《なえ》を一本《ぽん》、持《も》っていってもいいかしら？　庭《にわ》に植《う》えたいの」

「ああいいとも。いくらかなら本《ほん》も持《も》っていけるよ。ピアノは……むりだが」

おとうさんがつらそうに言《い》うと、

「まあ。そんなことは、どうか気《き》になさらないで」

と、ベルは答《こた》えました。

こうして、つぎの日《ひ》の朝早《あさはや》く、一家《いっか》は住《す》みなれた屋敷《やしき》をあとにしました。にぎやかな町《まち》の景色《けしき》が、やがて山《やま》のなかのしずかな風景《ふうけい》にかわっていくのを、ベルだけが、わくわくしてながめました。

夜《よる》もねむらずに、おとうさんはいなかをめざして馬車《ばしゃ》を走《はし》らせました。そして、つぎのつぎの日《ひ》のお昼前《ひるまえ》に、こわれかけた小《ちい》さな家《いえ》のまえで、ついに馬車《ばしゃ》をとめました。

「どうして、こんなぼろぼろの小屋《こや》のまえでとまるの？」

下《した》のおねえさんがふしぎそうに聞《き》きました。

「ついたんだよ。ここが、わたしたちのあたらしい家《いえ》だ」

ふたりのおねえさんは、顔《かお》をまっ青《さお》にして首《くび》をふりました。

「いやよ！　こんなところに住《す》めるわけがないわ！」

上《うえ》のおねえさんが悲鳴《ひめい》をあげました。

「きれいにそうじをすればだいじょうぶよ」

ベルがはげますように言《い》うと、

「じゃあ、あんたがすればいいわ。そうじがおわるまで、わたしたちは馬車《ばしゃ》からおりないから」

と、下《した》のおねえさんは言《い》いました。

家《いえ》のなかは、ひくい天井《てんじょう》にくもの巣《す》がはり、どこもかしこもほこりだらけでした。どんなにそっと歩《ある》いても、ほこりが舞《ま》い、床《ゆか》はぎしぎしきしみます。小《ち》さな窓《まど》をあけ、ベルはさっそく、部屋《へや》のすみにたてかけてあったほうきで、ほこりをおいはらいました。台所《だいどころ》にあったバケツに水《みず》をくみ、部屋《へや》じゅうにぞうきんをかけました。

「ほら、さっぱりした」

そう言《い》って部屋《へや》を見《み》まわすと、思《おも》わず苦笑《にがわら》いがこぼれました。

「でも、やっぱりボロボロにかわりはないわね」

たしかにボロボロでしたが、ずっときれいになりました。馬車《ばしゃ》からおりてきたおねえさんたちには、ここがきたないとか、あそこがまだ片《かた》づいていないとか、もんくを言《い》われましたけど。

それからというもの、ベルは毎朝早《まいあさはや》く起《お》きて、朝《あさ》ごはんのしたくをしました。昼《ひる》は、おとうさんとふたりで畑仕事《はたけしごと》をして、それがおわると、また夕《ゆう》ごはんのしたく。そうじも洗濯《せんたく》もとうぜんベルの仕《し》事《ごと》です。糸《いと》をつむぐ音《おと》に合《あ》わせてくちずさむ歌《うた》や、仕事《しごと》のあいまに読《よ》む本《ほん》が、ベルを、見知《みし》らぬ世界《せかい》へとつれていってくれました。

そんな毎日《まいにち》を、ベルはつらいとは思《おも》いませんでした。ただひとつ悲《かな》しかったのは、庭《にわ》に植《う》えたバラの苗《なえ》が枯《か》れてしまったことでした。

「ここではバラはそだたないのね。持《も》ってきたりしたらいけなかったんだわ。でも、わたし、バラの花《はな》を見《み》たいわ。バラの花《はな》は、おかあさまのようなんですもの」

そう言《い》って、ベルはちょっぴり涙《なみだ》をこぼしました。

2 いい知《し》らせと悪《わる》い知《し》らせ

いなかに来《き》て一年《ねん》がたったある日《ひ》、一通《つう》の手紙《てがみ》がとどきました。

「みんな聞《き》いてくれ、船《ふね》が港《みなと》についたんだ。しずんではいなかったんだよ」

手紙《てがみ》を読《よ》みおえたおとうさんがはずむ声《こえ》で言《い》いました。

「ほんとう？　おとうさま」

上《うえ》のおねえさんが、手紙《てがみ》をのぞきこむようにして聞《き》きました。

「ああ、ほんとうだとも。いい知《し》らせがとどいたんだよ」

「だったら、わたしたち、またお金持《かねも》ちになるのね」

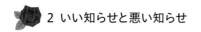

おねえさんたちは天《てん》にものぼる気持《きも》ちです。

「そうだとも！　また町《まち》にもどって、商売《しょうばい》ができる。使用人《しようにん》たちにも再会《さいかい》できるだろう。ああ、なんてよろこばしいことだ」

こうしてはいられないと、さっそく出《で》かけるしたくをはじめたおとうさんに、おねえさんたちはあまえた声《こえ》でたのみました。

「おとうさま。おみやげを買《か》ってきてくださらなくちゃいやよ」

「わたしたち、ここに来《き》てからは、なにも買《か》っていないもの」

「かまわないよ。なにがほしいんだい？」

上機嫌《じょうきげん》でたずねるおとうさんに、おねえさんたちは、最新流行《さいしんりゅうこう》のドレスと毛皮《けがわ》、金《きん》のネックレス、銀《ぎん》のティアラと、思《おも》いつくかぎりのものをつぎからつぎへとならべたて、あげくに、おとうさまがおぼえられないといけないからと紙《かみ》に書《か》きだすしまつです。

「ベル、おまえにはなにを買《か》ってこよう」

と、おとうさんがたずねると、

ベルは、おとうさんをじっと見《み》て言《い》いました。

「**バラの花《はな》を一本《ぽん》**、おみやげに持《も》ってかえってきてください」

「それだけかね？　欲《よく》がないなあ。なんでもほしいものを言《い》っていいんだよ」

「ええ、でもバラの花《はな》のほかには、ほしいものはないんです」

ベルはそう言《い》いました。

「では、むすめたち、おみやげを楽《たの》しみに待《ま》っているんだよ」

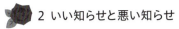

おとうさんはさっそうと馬《うま》にまたがると、心《こころ》をおどらせながら出《で》かけていきました。

ところが、港《みなと》が近《ちか》づくにつれ、人々《ひとびと》の口《くち》から聞《き》こえてくるのは、ゆうれい船《せん》のうわさばかりで、もどってきた船《ふね》の話《はなし》はひとつも聞《き》こえてこないのです。

栈橋《さんばし》につながれているボロボロになって大《おお》きくかしいだ船《ふね》を目《め》にして、おとうさんにもようやくわかりました。嵐《あらし》におそわれ、一年《ねん》かけて港《みなと》にながれついた船《ふね》に、人《ひと》ひとり、品物《しなもの》ひとつのこっているはずなどないことが。

「ゆうれい船《せん》だよ、あれは。不吉《ふきつ》なことが起《お》きなきゃいいがな」

だれかが話《はな》しかけてくる声《こえ》も、ぼうぜんと立《た》ちつくすおとうさんには聞《き》こえません。がっくりと肩《かた》をおとして、おとうさんは港《みなと》をあとにしました。

「ドレス一枚《まい》、いや、バラの花《はな》一輪《りん》、買《か》うことはできなかった。無《む》一文《いちもん》で家《いえ》に帰《かえ》ったら、あの子《こ》たちがっかりするだろうなあ」

馬《うま》を走《はし》らせながら、おとうさんは力《ちから》なくつぶやきました。すっかり希望《きぼう》をうしなったおとうさんに追《お》いうちをかけるように、冷《つめ》たい雪《ゆき》がふりはじめました。風《かぜ》も出《で》てきて、横《よこ》なぐりの雪《ゆき》がおとうさんのからだを打《う》ちました。

すこしでも早《はや》く帰《かえ》りつこうと森《もり》をぬける近道《ちかみち》に入《はい》ったとたん、ごおうっ、ごおうっ、と風《かぜ》のうなるぶきみな音《おと》が聞《き》こえてきました。

大木《たいぼく》の枝《えだ》は雪《ゆき》の重《おも》みでしなり、化《ば》け物《もの》がおそいかかるようにおとうさんにせまります。あたりはだんだんと暗《くら》さをましていき、どこを走《はし》っているのかも、おとうさんはわからなくなりました。

「まずいぞ。このままでは遭難《そうなん》してしまう」

と、そのときでした。いちだんとすさまじさを増《ま》した風《かぜ》にはたかれて、おとうさんは馬《うま》からほうりだされました。雪《ゆき》にうまったおとうさんの顔《かお》に、馬《うま》が心配《しんぱい》そうに鼻《はな》づらを近《ちか》づけてきました。

「もう動《うご》けないんだ」

馬《うま》にそっと手《て》をのばし、力《ちから》なくおとうさんはつぶやきました。

わたしはここで、こごえ死《し》んでしまうだろう。そんなことになったら、むすめたちはどうなるのだろう。うすれていく意識《いしき》のなかで

そう思《おも》ったとき、木々《きぎ》のむこうにあかりがまたたくのが見《み》えたような気《き》がしました。

「いよいよまぼろしが見《み》えはじめたのだろうか」

おとうさんは目《め》をこらして、じっと見《み》つめてみました。

「そうじゃない、あれは、ほんもののあかりだ」

力《ちから》をふりしぼって立《た》ちあがると、雪《ゆき》のなかでじっと待《ま》っていた馬《うま》をひきながら、あかりにむかって、よろよろと歩《ある》きだしました。

3 魔法《まほう》の城《しろ》

行《い》く手《て》に大《おお》きな城《しろ》がそびえるように建《た》っているのが見《み》えてきました。あかりは、その城《しろ》の窓《まど》からこぼれていたのです。

巨大《きょだい》な石《いし》の門《もん》をくぐり、おとうさんは雪《ゆき》のふりつもった前庭《まえにわ》をすすんでいきました。おとうさんより先《さき》に馬小屋《うまごや》を見《み》つけた馬《うま》は、自分《じぶん》からなかに入《はい》っていって、つんであった干《ほ》し草《くさ》を食《た》べはじめました。

「つかれただろう、おまえもここですこし休《やす》ませてもらうといい」

馬《うま》をつなぎながら、おとうさんはやさしく言《い》いました。

おとうさんが建物《たてもの》の入り口《いぐち》にたどりついたとたん、まるで「お入《はい》り」と言《い》うように扉《とびら》がひとりでにひらきました。ところが、なかに入《はい》って「どなたかいらっしゃいませんか」と呼《よ》びかけても、城《しろ》のなかはしーんとしたまま、だれひとり出《で》てくるようすはありません。

「どなたか、どなたか出《で》てきてくださいませんか」

そう言《い》いながらひろい廊下《ろうか》をすすんでいくと、あかりのこぼれる部屋《へや》が見《み》えました。中《なか》からいいにおいもしてきます。

さそわれるように部屋《へや》に入《はい》ると、だんろには火《ひ》があかあかと燃《も》えていました。部屋《へや》のまんなかには、五十人《にん》は席《せき》につけそうなテーブルがあって、ワインで煮《に》こんだ肉《にく》やパイでくるんだ魚《さかな》、コンソメのスープ、あたたかな野菜《やさい》のサラダなどが、ずらりとならべられていました。けれど、ナイフとフォークはひとそろいしかありません。

この城《しろ》の主《あるじ》が、これから食事《しょくじ》をするのだろう。しばらくここで待《ま》たせてもらおう。おとうさんはそう思《おも》って、テーブルのいちばんはしっこのいすに腰《こし》かけて待《ま》つことにしました。けれど、いつまでたってもだれもやってきません。

朝《あさ》、うすいスープをすこし飲《の》んだだけだったおとうさんは、ひどくおなかをすかせていました。それでついにがまんができずに、煮《に》こんだ肉《にく》をひときれ、口《くち》にしてしまいました。肉《にく》はとてもやわらかく、あっというまに、おとうさんの口《くち》のなかでとけていきました。

「なんてうまいんだ」

あとひと口《くち》。もうひと口《くち》だけ。もうすこし。ほんのちょっとだけ

なら。ついにすべてのお皿《さら》がからっぽになりました。
おなかがいっぱいになって、ようやくわれにかえったおとうさんは、料理《りょうり》をすっかり食《た》べつくしてしまったことに気《き》がつきました。
「ああ、どなたかに、ちゃんとあやまらなくてはいけない」
そのどなたかをさがそうと廊下《ろうか》に出《で》ると、こんどは「ついておいで」というように壁《かべ》のランプがつぎつぎと灯《とも》っていくのです。ついていった先《さき》は寝室《しんしつ》でした。大《おお》きなベッドにふかふかのふとんを目《め》にすると、おとうさんは、もうちょっとも目《め》をあけていられなくなって、ドロドロによごれた服《ふく》をぬいでベッドにもぐりこみ、たちまちのうちにねむってしまいました。

つぎの朝《あさ》、ピチュピチュと鳴《な》きかわす小鳥《ことり》の声《こえ》で目《め》がさめたおとうさんは、窓《まど》の外《そと》を見《み》て、またしてもおどろかずにはいられませんでした。ゆうべ、あんなにふりつもっていた雪《ゆき》がすっかり消《き》えていたのです。

おとうさんの目《め》は、あたたかそうな陽《ひ》ざしの下《もと》、たくさんの花《はな》が咲《さ》いているのを見《み》ました。花《はな》のあいだをちょこまか動《うご》きまわるリスも、たのしげにはねまわるウサギも見《み》ました。

「ここはまったくふしぎな場所《ばしょ》だなあ。妖精《ようせい》の城《しろ》かもしれない」

お礼《れい》を言《い》って帰《かえ》ろうとしたおとうさんは、ゆうべぬいだ服《ふく》がなくなっているのに気《き》がつきました。かわりに、いすの上《うえ》にまあたらしい服《ふく》がたたまれておかれていました。

その服《ふく》に着《き》がえて昨夜《さくや》の広間《ひろま》に行《い》くと、朝食《ちょうしょく》のしたくがととのえてありました。スープはそそがれたばかりのように、ほかほかとした湯気《ゆげ》をたて、パンは焼《や》きたての香《こう》ばしい香《かお》りをさせていました。

のこさずごちそうになると、おとうさんは、

「この城《しろ》の主《あるじ》であるよき妖精《ようせい》に感謝《かんしゃ》します。あなたの城《しろ》にまねかれなければ、わたしはあの森《もり》でこごえ死《し》んでいたことでしょう。おか

げですっかり元気《げんき》になりました」

と、姿《すがた》を見《み》せない主《あるじ》にとどくようにと大《おお》きな声《こえ》で感謝《かんしゃ》の言葉《ことば》を告《つ》げ、お城《しろ》をあとにしました。

馬小屋《うまごや》へ行《い》くとちゅうでおとうさんは、さっき窓《まど》からながめた庭《にわ》のおくにバラの庭園《ていえん》があることに気《き》づきました。世界《せかい》じゅうのバラというバラをあつめたのだと言《い》わんばかりに、ありとあらゆる種類《しゅるい》の色《いろ》とりどりのバラがいっせいに咲《さ》いています。

おみやげにベルがバラの花《はな》をほしがったことを思《おも》いだしたおとうさんは、バラの庭園《ていえん》へと入《はい》っていくと、「こんなにたくさんあるんだから、一本《ぽん》くらいもらったってかまわないだろう」と、手《て》をのばして一輪《りん》の赤《あか》いバラをつみとったのです。

と、そのとたんに、晴《は》れわたっていた空《そら》は黒《くろ》い雲《くも》でおおわれ、あたりは一転《いってん》、どんよりとした暗《くら》さにつつまれました。

どこからか、ずるーりずるーりと重《おも》いものが地面《じめん》をはうようなぶきみな物音《ものおと》がひびいてきました。音《おと》はゆっくりと近《ちか》づいてきます。

おそろしさに思《おも》わず目《め》をとじたおとうさんの前《まえ》で、ぶきみな音《おと》はとまりました。

「ううおうぅっ！」

地《ち》の底《そこ》からひびくような声《こえ》に、おとうさんはふるえあがりました。

おそるおそる目《め》をあけてみると、天《てん》にもとどきそうな大《おお》きなからだ

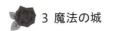

に、まるでライオンを何百倍《なんびゃくばい》もおそろしくした顔《かお》の、毛《け》むくじゃらな怪物《かいぶつ》が立《た》っていたのです。

りっぱな洋服《ようふく》のそでから出《で》ている手《て》にも指《ゆび》にも、かたい毛《け》がみっしり生《は》えていて、毛《け》のあいだから長《なが》くするどい爪《つめ》がのびていました。なでるだけで、どんなものも切《き》りさいてしまいそうな爪《つめ》です。

ああ、こんなおそろしい怪物《かいぶつ》がこの主《あるじ》だったのだ。よき妖精《ようせい》にちがいないなどとかってに思《おも》ったわたしは、なんておろかなのだろう。そう思《おも》ってがたがたとふるえているおとうさんに、怪物《かいぶつ》は、

「**恩知《おんし》らずめ！**」

と、人間《にんげん》などかんたんに嚙《か》みくだきそうなとがった大《おお》きな歯《は》を見《み》せて、どなりつけました。

「わたしはおまえの命《いのち》を助《たす》け、おまえをもてなしてやった。それなのに、おまえは、わたしがこの世《よ》でなによりも大切《たいせつ》にしているバラをぬすんだのだ」

怪物《かいぶつ》が話《はな》すたびに、地面《じめん》はゆれ、あたりのバラの花《はな》までがびりびりとふるえました。おとうさんのふるえもとまりません。

「**死《し》ね!**」

と、怪物《かいぶつ》は強《つよ》い口調《くちょう》で言《い》いはなちました。

「おまえの命《いのち》をさしだすのだ。それ以外《いがい》、この罪《つみ》をつぐなうことはできん!」

するどい爪《つめ》がおとうさんののどもとにせまってきて、生《い》きたここちもありません。あとひとつきされたら、もうおしまいだ。おとうさんは、ひざまずくと、がたがたとふるえる両手《りょうて》を合《あ》わせて言《い》いました。

「お、王《おう》さま、ど、どうか、おゆるしください」

おそろしさに声《こえ》はふるえ、歯《は》をがちがちとならしながら、おとうさんはあやまりつづけました。

「わたしは王《おう》さまなどではない」

「はい……お、王《おう》さ……いえ、お館《やかた》さま。わたしはバラをむすめに持《も》っていってやりたかったのです。姉《あね》たちはあれもこれもとみやげ

をねだりましたが、末《すえ》のむすめは、ただ一輪《りん》のバラをほしがったのでございます。どうかお助《たす》けください」

むすめと聞《き》いて、怪物《かいぶつ》のくちびるが、みにくくめくれあがりました。もしかすると、笑《わら》ったのかもしれません。

「むすめがいるのか？」

と、怪物《かいぶつ》が聞《き》きました。

「はい、三人《にん》おります。わたしの帰《かえ》りを待《ま》っています。わたしが帰《かえ》らなければ、さぞ心配《しんぱい》することでしょう」

そう言《い》うと、おとうさんは泣《な》きだしました。

「グルルル…」

怪物《かいぶつ》が不愉快《ふゆかい》そうなうなり声《ごえ》をあげると、地面《じめん》がまたゆれました。

「よし、おまえは殺《ころ》さない。**バラをほしがったむすめを殺《ころ》そう。**帰《かえ》って、むすめをつれてこい。**三日以内《みっかいない》**にもどってくると誓《ちか》え」

「お、おゆるしください、お館《やかた》さま。ど、ど、どんなにいそいでも、三日《みっか》では無理《むり》でございます」

「聞《き》けぬというのかああ！」

怪物《かいぶつ》がほえました。暗《くら》い空《そら》にいなびかりが走《はし》りました。

「ち、誓《ちか》います。かならず三日以内《みっかいない》にもどってまいります」

おとうさんは、消《き》えいりそうな声《こえ》でそう答《こた》えました。

「では行《い》くがいい。みやげに金貨《きんか》がつまった箱《はこ》を、おまえの家《いえ》にとどけさせよう」

怪物《かいぶつ》はそう言《い》いのこすと、庭《にわ》のおくへと去《さ》っていきました。

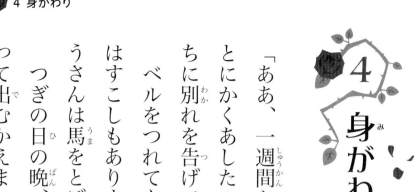

4 身《み》がわり

「ああ、一週間《しゅうかん》かかる道《みち》のりをどうやって三日《みっか》でもどれというのだ。とにかくあしたの晩《ばん》までに家《いえ》に帰《かえ》らなければ。そうして、むすめたちに別《わか》れを告《つ》げてあさっての晩《ばん》にはもどってこよう」

ベルをつれてもどると誓《ちか》ったものの、おとうさんにはそのつもりはすこしもありませんでした。ひとりで殺《ころ》されるかくごをしたおとうさんは馬《うま》をとばし、ひたすら道《みち》をいそぎました。

つぎの日《ひ》の晩《ばん》、家《いえ》に帰《かえ》ってきたおとうさんを、むすめたちはそろって出《で》むかえました。馬《うま》からおりてきたおとうさんは、ぜえぜえと息《いき》をきらしていました。

「おかえりなさい、おとうさま。おみやげはどちら？」

と、おねえさんたちが口々《くちぐち》に聞《き》きました。

おとうさんはしばらくのあいだ息苦《いきぐる》しそうにしていましたが、やがて息《いき》がととのうと、かなしそうに首《くび》をふって言《い》いました。

「おみやげはベルにたのまれたバラの花《はな》だけだ」

「どうして？」

「たった一艘《そう》、もどるにはもどってきたんだが、品物《しなもの》はながされていて、なにひとつなかったんだ」

「じゃあ、びんぼうなままなの？」

と、下《した》のおねえさんが泣《な》きそうな声《こえ》で言《い》いました。

「それだけじゃない。じつは、もっと悪《わる》いことが起《お》こったんだ」

おとうさんはそう言《い》うと、起《お》きたできごとをすっかり話《はな》しました。道《みち》にまよってふしぎな城《しろ》にたどりついたことも、帰《かえ》りぎわにバラの庭園《ていえん》を見《み》つけてバラをつんだことも、そのあとにあらわれたおそろしい怪物《かいぶつ》のことも。その怪物《かいぶつ》とかわした三日《みっか》でもどるというやくそくも。けれど、怪物《かいぶつ》が、自分《じぶん》のかわりにベルを殺《ころ》すと言《い》ったことだけはだまっていました。

おとうさんの話《はなし》がおわると、おねえさんたちは、大《おお》きな声《こえ》でベルをののしりました。

「まったくなんてことをしてくれたの！　あんたのせいで、おとうさまは死《し》ななきゃならないのよ！」

「そうよ、あんたがバラなんてたのんだからよ！　この死神《しにがみ》！」

おねえさんたちに言《い》われるまでもなく、バラの花《はな》をほしいなんて言《い》わなければよかったと、ベルは、はげしく後悔《こうかい》しました。

すると、上《うえ》のおねえさんがこう言《い》いだしたのです。

「おとうさま、そんなところに行《い》かなくてもいいじゃありませんか。いくら魔法《まほう》がつかえるからって、怪物《かいぶつ》もここまで追《お》ってきはしないでしょう。ここがどこかなんてわかるはずはないもの」

おねえさんが言《い》いおわるかおわらないうちに、とつぜん**ドン！**という音《おと》がして、床《ゆか》の上《うえ》に大《おお》きな箱《はこ》があらわれました。箱《はこ》はひとりでにあいて、なかから金貨《きんか》がこぼれでました。

「こ、これはなに？」

「怪物《かいぶつ》がやくそくしたみやげの金貨《きんか》だ。これでわかっただろう？あいつは魔法《まほう》をつかう魔物《まもの》なんだ。にげられはしない」

ぼうっと金貨《きんか》を見《み》つめたまま、おとうさんが首《くび》をふりました。

「おねえさまがた、心配《しんぱい》しないで。おとうさまの命《いのち》はぶじよ」

ベルはおねえさんたちにほほえみかけると、

「**おとうさまのかわりに、わたしが殺《ころ》されます。**バラの花《はな》をねだったのは、わたしですもの」

と言《い》って、深《ふか》くうなずいてみせたのです。

「そうよ、ベルが死《し》ねばいいのよ」

「なにを言《い》っているんだ。そんなことはさせないぞ」

おとうさんはどなりつけると、ベルを抱《だ》きしめてさとしはじめました。けれど、いつもはすなおなベルが耳《みみ》をかそうとはしません。

「いいえ、おとうさま。おとうさまがひとりで出《で》かけても、わたし、追《お》いかけていきます。いっこくも早《はや》く出《で》かけましょう。やくそくにまにあわないと大変《たいへん》ですもの」

かわいいベルが、あの化《ば》け物《もの》に殺《ころ》される――想像《そうぞう》するだけで、おとうさんの心《こころ》は、はりさけそうでした。けれど、怪物《かいぶつ》は一度口《いちどくち》にしたことは実行《じっこう》するのです。おまけに魔法《まほう》の力《ちから》もあるのです。どうあがいてもむだなのだと、おとうさんは観念《かんねん》しました。

いざ出発《しゅっぱつ》となると、おねえさんたちは、ベルとの別《わか》れをおしんでワンワン泣《な》きました。おとうさんも涙《なみだ》がとまりません。

「どうか泣《な》かないで。わたしはよろこんで行《い》くのですから」

ベルはおとうさんやおねえさんたちをくるしめないようにそう言《い》いました。けれど、ほんとうにかなしんでいたのは、おとうさんだけで、おねえさんたちは、玉《たま》ねぎで目《め》をごしごしとこすって、涙《なみだ》をながしていたのです。

おねえさんたちの頭《あたま》のなかにあるのは、あの金貨《きんか》を持参金《じさんきん》にすれば、すぐにもお嫁《よめ》に行《い》けるのじゃないかということだけでした。

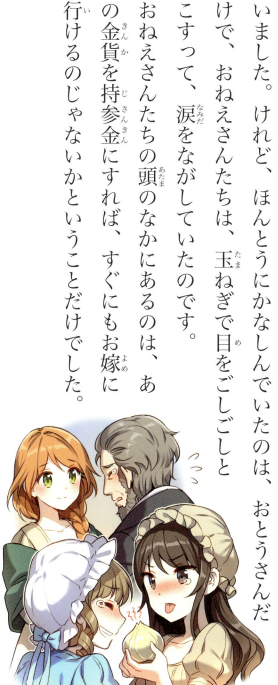

5 「あなたは女《おんな》あるじです」

父親《ちちおや》とベルは、やくそくの三日目《みっかめ》、とっぷりと日《ひ》が暮《く》れたころに怪物《かいぶつ》の城《しろ》につきました。ふたりの到着《とうちゃく》を待《ま》っていたように、窓《まど》という窓《まど》からはあかりがこぼれていました。

馬《うま》はまた自分《じぶん》からさっさと馬小屋《うまごや》に入《はい》り、干《ほ》し草《くさ》を食《た》べはじめました。馬小屋《うまごや》に馬《うま》をつなぐと、父親《ちちおや》は、ベルをつれて城《しろ》のなかへと入《はい》っていきました。

つぎつぎと灯《とも》るランプに、ベルが明《あか》るい声《こえ》で言《い》いました。

「まあ、おとうさま、見《み》て。なんてすごいんでしょう。わたしたち

を案内《あんない》してくれているわ」

そうやってはしゃいで、ベルがおとうさんの気持《きも》ちをすこしでもやわらげようとしても、おとうさんは、「ああ、そうだね」と答《こた》えるきりでした。

ランプに案内《あんない》された広間《ひろま》にはだんろが燃《も》え、テーブルの上《うえ》にも前《まえ》と同《おな》じように――いえ、何《なん》倍《ばい》もごうかなふたりぶんの食事《しょくじ》が用意《ようい》されていました。かなしみでいっぱいのおとうさんは、目《め》の前《まえ》のごちそうを食《た》べる気持《きも》ちにはとうていなれません。けれどベルは、平気《へいき》なふりをして口《くち》にはこびました。そうしてすっかりごちそうをたいらげると、ナプキンで口《くち》をぬぐって、「ごちそうさま」と言《い》いました。

すると、ベルが食事《しょくじ》をすませるのをどこかで見張《みは》っていたのか、

「むすめ、おまえに聞《き》く」

というひくく太《ふと》い声《こえ》が、壁《かべ》をとおって聞《き》こえてきました。その声《こえ》を耳《みみ》にしたとたん、ベルのからだにびくんとふるえが走《はし》りました。

「魔物《まもの》の……怪物《かいぶつ》の声《こえ》だ」

おとうさんはベルの手《て》をにぎると、かすれた声《こえ》で言《い》いました。わかったわと言《い》うように、ベルがうなずきます。

「むすめ。おまえは自分《じぶん》からのぞんでここに来《き》たのか？」

怪物《かいぶつ》の声《こえ》は、壁《かべ》を、広間《ひろま》の空気《くうき》を、テーブルの上《うえ》の食器《しょっき》をびりびりとふるわせました。

ベルのからだがまたガタガタとふるえだしました。こわいのです。声《こえ》を聞《き》くだけでも、身《み》の毛《け》がよだってしまうのです。

「はい、お館《やかた》さま」

見《み》えない相手《あいて》に聞《き》こえるように、それでもせいいっぱい大《おお》きな声《こえ》でベルは答《こた》えました。

「元気《げんき》のいい声《こえ》だ。多少《たしょう》ふるえているようだが」

そう言《い》うと、怪物《かいぶつ》は城《しろ》じゅうにひびくほどの笑《わら》い声《ごえ》をあげました。

「こわいか？　おまえはわたしがこわいか？」

「こわいです」

ベルは正直《しょうじき》に言《い》いました。

「ふん。姿《すがた》も見《み》えぬのにこわいとはな。言《い》っておくが、わたしはお館《やかた》さまではない。ただの野獣《やじゅう》だ。わたしのことは野獣《やじゅう》と呼《よ》べばよい。ところで、おまえの名《な》はなんという？」

「ベルです」

「ベル、おまえは自分《じぶん》からのぞんでここに来《き》たと言《い》ったな。そのことで、わたしはおまえに礼《れい》を言《い》おう」

野獣《やじゅう》はつぎに、おとうさんにむかってこう言《い》いました。

「それから、盗人《ぬすっと》の父親《ちちおや》。おまえはあしたの朝《あさ》、ここを去《さ》るのだ。そして二度《にど》とここに来《き》てはならない」

「お願《ねが》いでございます、お館《やかた》さま。わたしではなく、どうかベルを帰《かえ》してください」

消《き》えいりそうな声《こえ》でおとうさんが言《い》うと、

「ガルルルッ」

野獣《やじゅう》がうなりました。テーブルの上《うえ》のお皿《さら》やカップがカチャカチャと音《おと》をたててゆれ、食《た》べのこした料理《りょうり》がとびちりました。

「出《で》ていけ！　いますぐ、出《で》ていくのだ」

その言葉《ことば》がおわると同時《どうじ》に、おとうさんの姿《すがた》はあとかたもなく広間《ひろま》から消《き》えました。

「おとうさまはどこ？　おとうさまをどこにやったのですか？」

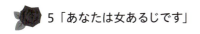

野獣《やじゅう》がそこにいるかのように、ベルはつめよりました。

「心配《しんぱい》しなくていい。いまごろは、家《いえ》に帰《かえ》りついている。もうおまえも休《やす》むといい。部屋《へや》までランプに案内《あんない》させよう」

野獣《やじゅう》がそう言《い》うと、だんろの火《ひ》がふっと消《き》えました。

席《せき》を立《た》って、部屋《へや》を出《で》ようとしたとき、壁《かべ》の鏡《かがみ》が割《わ》れていることにベルは気《き》づきました。大理石《だいりせき》でできた床《ゆか》も壁《かべ》も、高価《こうか》なマホガニーの家具《かぐ》もどれもこれも傷《きず》ひとつないというのに、金《きん》のふちどりの鏡《かがみ》だけがむざんにくだけ割《わ》れているのです。

野獣《やじゅう》のしわざ？　だとしてもどうしてそのままにしてあるのかしら。ベルがそうつぶやいたとき、これ以上《いじょう》見《み》てはならぬというように、あかりが消《き》え、広間《ひろま》はまっ暗《くら》になりました。

行《い》く手《て》をしめすランプにみちびかれ、ベルはある部屋《へや》の前《まえ》にたどりつきました。ドアに「ベルの部屋《へや》」と書《か》かれてあります。

「わたしの部屋《へや》？　どういうことかしら？」

ドアをあけて入《はい》ってみると、ベルは思《おも》わず「まあ」と感嘆《かんたん》の声《こえ》をあげてしまいました。

壁《かべ》のひとつが床《ゆか》から天井《てんじょう》までとどく本棚《ほんだな》でうめつくされ、そこにびっしりと本《ほん》がつまっていたのです。座《すわ》り心地《ごこち》のよさそうなひじかけいすは、ここに腰《こし》かけて本《ほん》を読《よ》んでごらんということでしょうか。

テーブルの上《うえ》には、チョコレートやキャンディーが山《やま》もりに入《はい》っている銀《ぎん》の器《うつわ》もありました。それだけではありません。もうひくこと

はかなわないと思《おも》っていたピアノまでありました。

「わたしがたいくつしないように、用意《ようい》をしてくれたのかしら？」

部屋《へや》のおくにはもうひとつ部《へ》屋《や》があって、ぴかぴかに磨《みが》かれた鏡《かがみ》と天蓋《てんがい》付《つ》きの美《うつく》しいベッドがあるのがわかりました。

「でも、おかしいわ」

部屋《へや》のなかをグルグル歩《ある》きな

がら、ベルは考《かんが》えました。

「あした、食《た》べてしまうわたしのために、どうしてこんなに心《こころ》のこもったしたくをするのかしら。もしかして、野獣《やじゅう》はわたしを殺《ころ》さないつもり？」

けれど、そうにちがいないとはっきり言《い》うことはできません。

ベルは本棚《ほんだな》から、ふと目《め》についた一冊《さつ》をぬきだして、ページをひらいてみました。すると、そのページの文字《もじ》という文字《もじ》がゴニョゴニョ動《うご》きだして、下《した》のページにもぐるように消《き》えていきました。

おどろきのあまり、声《こえ》も出《で》ません。

目《め》をみはったままながめていると、

のこった文字《もじ》がさらに動《うご》いて、こういう言葉《ことば》をつくりました。

「あなたののぞみどおりに。ここでは、あなたは女王《じょおう》であり、女《おんな》あるじです」

ベルはその言葉《ことば》を長《なが》いこと見《み》つめました。文字《もじ》は、この言葉《ことば》が絶《ぜっ》対《たい》の真実《しんじつ》だと言《い》うみたいにそこにとどまって、すこしも動《うご》こうとはしませんでした。

「やっぱり、わたしを殺《ころ》すつもりはないのかもしれない。それにしても女《おんな》あるじって……。なんでものぞみどおりにしてくださるというなら、おとうさまに会《あ》いたいわ。いいえ、お姿《すがた》を見《み》るだけでいいの。ぶじにお帰《かえ》りになったかどうか知《し》りたいだけなんですもの」

と、つぶやきました。

そのとたん、そこにあった文字《もじ》は下《した》のページに入《はい》りこんで消《き》え、かわりに下《した》のページから「鏡《かがみ》」という文字《もじ》がうかびあがってきました。

「鏡《かがみ》？　あっ！」

いそいでおくの部屋《へや》へかけこむと、ベルは鏡《かがみ》を見《み》ました。鏡《かがみ》のなかにいなかの家《いえ》が見《み》えて、おとうさんが帰《かえ》りついたところがうつりました。おねえさんたちがおとうさんを出《で》むかえました。おとうさんのかなしみようにくらべて、おねえさんたちには妹《いもうと》がいなくなってかなしんでいるようすはすこしもありませんでした。

おとうさんがぶじに帰《かえ》ったことはうれしくても、おとうさんをかなしませていることは悔《く》やまれてなりません。ベルの心《こころ》はそのふたつの思《おも》いのなかでゆれました。

「ええ、でも、おとうさまの命《いのち》が助《たす》かったのはいいことだわ」

ベルは「これからもおとうさまが元気《げんき》でいてくださるように」と祈《いの》りをささげて、ベッドに入《はい》りました。

いつのまにかねむりについたベルは、ふしぎな夢《ゆめ》を見《み》たのです。

夢《ゆめ》の中《なか》でベルはバラの咲《さ》きほこる庭園《ていえん》にいました。あのなつかしいおかあさんのバラの庭《にわ》にしてはひろすぎます。ここはいったいどこだろうと思《おも》っていると、ひとりの貴婦人《きふじん》がベルに近《ちか》づいてきました。その背中《せなか》には、一対《いっつい》の美《うつく》しい羽《はね》が生《は》えていました。貴婦人《きふじん》は、笑顔《えがお》を見《み》せると、こう言《い》ったのです。

「あなたのやさしい気持《きも》ちを知《し》って、わたしはとてもうれしいんですよ。おとうさまの命《いのち》を助《たす》けようと、自分《じぶん》の命《いのち》をかえりみないなんて、だれにでもできることではありません。いつかきっとよいことがありますからね」

それだけを言《い》うと、貴婦人《きふじん》はすっと消《き》えてしまいました。バラの庭園《ていえん》もなくなって、ベルは荒《あ》れた庭《にわ》にひとりたたずんでいました。

6 おしゃべりな肖像画《しょうぞうが》

目《め》がさめてからも、ベルはその夢《ゆめ》をはっきりとおぼえていました。
あの夢《ゆめ》は、なにかのお告《つ》げかしら？　よいことがあるって、なんのことかしら？　殺《ころ》されはしないっていうこと？　この部屋《へや》とあの夢《ゆめ》が、それをわたしに教《おし》えようとしているんじゃないかしら？
ああ、およしなさい、ベル。そんなことがあるはずはないわ。今日《きょう》こそ、わたしは野獣《やじゅう》に食《た》べられるのよ。さあ、したくをしておしまいなさい。
ベルは心《こころ》のなかで、自分《じぶん》で自分《じぶん》にそう言《い》うと、身《み》じたくをととのえたのです。

そして、昨夜《さくや》の広間《ひろま》に行《い》って、ベルは野獣《やじゅう》がやってくるのを待《ま》ちました。大《おお》きなテーブルには、おいしそうな朝食《ちょうしょく》が用意《ようい》されていました。

「朝《あさ》ごはんなんて食《た》べる気持《きも》ちになれないわ。だって、わたしが野《や》獣《じゅう》の朝《あさ》ごはんになるんですもの」

ほら、あそこにある鏡《かがみ》みたいに、とベルは思《おも》いました。こなごなにされて食《た》べられてしまうんだわ。ベルはテーブルにつっぷして泣《な》きだしてしまいました。

ところがいつまでたっても、野獣《やじゅう》はやってきません。

泣《な》きやんだベルが顔《かお》をあげると、そこには天使《てんし》をかたどった大理《だいり》石《せき》のみごとな彫刻《ちょうこく》があって、やさしくベルを見《み》おろしていました。

「そうだわ、殺《ころ》されるまでまだ時間《じかん》があるなら、彫刻《ちょうこく》や絵《え》を、もうすこしだけゆっくり見《み》ておきたいわ」

ベルは廊下《ろうか》に出《で》ると、ところどころにかざられている彫刻《ちょうこく》や絵《え》を鑑賞《かんしょう》しはじめました。

天使《てんし》や英雄《えいゆう》たちの石像《せきぞう》、田園風景《でんえんふうけい》や神話《しんわ》の女神《めがみ》たちがえがかれた油絵《あぶらえ》やタピストリーに見《み》いっているあいだは、野獣《やじゅう》に食《た》べられてしまう運命《うんめい》を、ベルはわすれることができました。

「むかしのおとうさまの屋敷《やしき》もすばらしかったけど、ここはくらべようもないわ。こんなにすばらしく美《うつく》しい館《やかた》を見《み》るのははじめて。いいえ、いつか本《ほん》で読《よ》んだことがあったかしら。こんなふうに美《うつく》しいお城《しろ》のことを」

と、ベルはひとりごとを言《い》いました。

「でも、ここは美《うつく》しいけれど、とてもさびしいわ」

ベルは小《ちい》さくため息《いき》をつきました。

いつのまにか入《はい》りこんだ部屋《へや》の壁《かべ》には、たくさんの肖像画《しょうぞうが》がかかっていました。どれも、ごうかな衣装《いしょう》で身《み》をつつんだ王《おう》さまやお妃《きさき》さまのようなひとたちがえがかれていましたが、そのなかに、ベルがおとうさんから聞《き》いていた野獣《やじゅう》の姿《すがた》はありません。

このかたたちが、かつてこのお城《しろ》に住《す》んでいらしたのかしら？

「お目《め》にかかれればよかったのだけれど」

そんな言葉《ことば》がついベルの口《くち》からこぼれました。

すると、肖像画《しょうぞうが》の人物《じんぶつ》たちがいっせいに話《はなし》をしだしたのです。
「お目《め》にかかりたいですと」「今日《きょう》はいいお天気《てんき》かしら」「これはこれはかわいいおじょうさん」「さびしいのはだれの心《こころ》だろう」「お部屋《へや》はお気《き》に召《め》して？」「バラの庭園《ていえん》はごらんになったかな」「それはあなた次第《しだい》だ」「いつか会《あ》えますよ」「まあ夢《ゆめ》を見《み》たのね」「この城《しろ》は美《うつく》しいかい？」

まぜこぜになった言葉《ことば》がなだれのようにベルにふってきて、だれがなにを言《い》っているのかさっぱりわかりません。

「みなさま、どうか順番《じゅんばん》に話《はな》してください」

ベルが大《おお》きな声《こえ》でさけぶと、肖像画《しょうぞうが》の面々《めんめん》はぴたりとだまりました。ひとりだけだまりおくれたひとがいて、「毎日《まいにち》ちりひとつなくそうじしてるからね」という言葉《ことば》が、ベルの耳《みみ》にとどきました。

「それじゃあ、なぜ鏡《かがみ》は割《わ》れたままなのですか」

とたんに額縁《がくぶち》のなかで、肖像画《しょうぞうが》の面々《めんめん》はうろたえ落《お》ちつきをなくしました。そしてしまいには、目《め》をとじ、口《くち》をつぐんでしまったのです。ベルのことはもう見《み》もしなければ、口《くち》をききもしないというように。

つい聞《き》いてしまったけれど、鏡《かがみ》が割《わ》れたことを口《くち》にしてはいけなかったんだわ。ベルはそう確信《かくしん》しました。

その部屋《へや》をあとにして廊下《ろうか》をすすんでいくと、廊下《ろうか》の壁《かべ》に、それはみごとなバラのもようが彫《ほ》られた、古《ふる》い木《き》の扉《とびら》がひとつありました。壁《かべ》とドアのすきまから、日《ひ》の光《ひかり》が細《ほそ》くさしこんでいます。

「きっとここから外《そと》に出《で》ることができるのね」

ベルはドアのノブをまわしてみましたが、ざんねんなことに鍵《かぎ》がかかっていて扉《とびら》はあきませんでした。

部屋《へや》にもどっても、本《ほん》を読《よ》んだりピアノをひいたりする気《き》にはなれず、ひじかけいすにすわりこんで、ベルは考《かんが》えごとをはじめました。ひとりでにひらいた入《い》り口《ぐち》の扉《とびら》も、行先《いきさき》を示《しめ》して案内《あんない》をしてくれたランプも、おしゃべりな肖像画《しょうぞうが》も、魔法《まほう》の力《ちから》なのだと思《おも》えば理《り》解《かい》できます。これほどひろい城《しろ》のなかがぴかぴかにみがきあげられていたり、ぜいたくなごちそうが出《で》てきたりするのは、姿《すがた》の見《み》えない妖精《ようせい》たちがはたらいてくれているのにちがいありません。

けれど割《わ》れた鏡《かがみ》をそのままにしているわけや、あの木《き》の扉《とびら》の先《さき》にどんな景色《けしき》がひろがっているのかは、いくら考《かんが》えてもわかりません。

そしてなによりわからないのは、野獣《やじゅう》がまったく姿《すがた》を見《み》せないことでした。

夜《よる》になったらまた、壁《かべ》のなかからあの声《こえ》が聞《き》こえてくるのかしら？　いつになったらわたしを食《た》べるのかしら？　と、ベルは落《お》ちつかない気持《きも》ちで思《おも》いました。

7 野獣《やじゅう》のくるしみ

その日《ひ》、夕食《ゆうしょく》の時間《じかん》を知《し》らせてくれたのは本《ほん》でした。読《よ》みふけっていた物語《ものがたり》のページの文字《もじ》がすっと消《き》えて、「夕食《ゆうしょく》のしたくができました。どうぞ広間《ひろま》へ」という文字《もじ》がうかびあがってきたのです。

「お知《し》らせくださってありがとう」

ベルは本《ほん》をとじて、広間《ひろま》へむかいました。昨夜《さくや》に劣《おと》らずおいしそうなごちそうがならんでいます。けれどどれほどおいしくても、ひとりでとる食事《しょくじ》は味気《あじけ》ないものです。まして、こんなひろい部屋《へや》ならなおさらのこと。ベルはついつい割《わ》れた鏡《かがみ》を見《み》てしまいました。

やがて時計《とけい》が九時《じ》を打《う》つと、城《しろ》のおくのほうからずるーりずるーりというぶきみな音《おと》が聞《き》こえてきました。
「野獣《やじゅう》がやってくるんだわ」
ベルはごくりとつばを飲《の》みこみました。
扉《とびら》がひらいて、広間《ひろま》に野獣《やじゅう》が姿《すがた》をあらわしました。大《おお》きなからだ、獣《けもの》のような顔《かお》。野獣《やじゅう》はベルが想像《そうぞう》していたよりはるかに巨大《きょだい》で、はるかにみにくくおそろしい姿《すがた》をしていました。

野獣《やじゅう》はベルのむかいの席《せき》にすわると、ギザギザのするどい歯《は》を見《み》せながらたずねました。

「食事《しょくじ》をしているところを見《み》ていてもいいだろうか？」

ベルは小《ちい》さくうなずきながら、

「はい、もちろんです」

と、ようやっとの思《おも》いで答《こた》えました。

「ベル、おまえは昨夜《さくや》、みずからのぞんでここに来《き》たと言《い》ったな。ほんとうは父親《ちちおや》に言《い》われて来《き》たのではないのか？」

「そうではありません。おとうさまはわたしをつれてきたくはなかったのです。わたしが行《い》くと言《い》ってきかなかったのです」

「ならば、おまえはわたしと結婚《けっこん》できるか?」

と、野獣《やじゅう》がたずねました。

「結婚《けっこん》?」

ベルは、自分《じぶん》の顔《かお》から血《ち》の気《け》がひいていくのがわかりました。殺《ころ》されるのだと思《おも》っていたら、結婚《けっこん》だなんて。それも、たったいま会《あ》ったばかりのこの怪物《かいぶつ》と。

野獣《やじゅう》はベルを見《み》つめたまま、ベルの答《こた》えを待《ま》っています。

「それは……できません」

勇気《ゆうき》をふりしぼって、ベルは答《こた》えました。

「なぜだ?」

野獣《やじゅう》はドンとテーブルをたたいて、どなりました。テーブルの上《うえ》の食器《しょっき》がぶつかりあって、カチャカチャと音《おと》をたてます。

「わかっている。みにくいわたしとは結婚《けっこん》したくないのだろう。みにくいわたしを見《み》るのがいやなのだな。正直《しょうじき》に言《い》え！」

いきりたった野獣《やじゅう》は、ベルを責《せ》めたてるようにひとさし指《ゆび》をふりながら言《い》いました。

「いいえ、そうではありません」

おそろしさをこらえ、ベルは答《こた》えました。

「わたしは昨夜《さくや》はじめてあなたにお会《あ》いしたのです。あなたのことはなにも知《し》らないし、あなたもわたしのことはお知《し》りにならないでしょう。それなのに、どうして結婚《けっこん》なんてできるでしょうか」

野獣《やじゅう》は長《なが》いことだまっていました。そして、ようやく口《くち》をひらくと言《い》いました。

「そうか。この城《しろ》はおまえのものだ。なんでも自由《じゆう》につかっていいし、どこを見《み》てまわってもかまわない。ただし**西《にし》の塔《とう》**以外《いがい》はな」

最後《さいご》の言葉《ことば》を念《ねん》をおすようにして言《い》うと、野獣《やじゅう》はこう続《つづ》けました。

「ひとつだけ、願《ねが》いがある。夕食《ゆうしょく》をいっしょにとることをゆるしてほしいのだ。そして、そのときに、ベル、おまえの話《はなし》を聞《き》かせてくれ」

ベルは深《ふか》くうなずきました。ベルがうなずいたのを見《み》ると、野獣《やじゅう》は席《せき》を立《た》って去《さ》ろうとしました。そのとき、野獣《やじゅう》がちらと割《わ》れた鏡《かがみ》に目《め》をやって、くるしそう

に顔《かお》をゆがめたのです。ほんの一瞬《いっしゅん》のできごとでした。けれどベルは、その一瞬《いっしゅん》を見《み》のがしませんでした。

ああ、なんてくるしそうな顔《かお》かしら、とベルは思《おも》いました。このひとは、自分《じぶん》の姿《すがた》がいやなんだわ。だから――だから鏡《かがみ》を割《わ》ったのにちがいないわ。

野獣《やじゅう》の気持《きも》ちを思《おも》うと、ベルの心《こころ》までくるしくなるようでした。

そんなベルをのこして、野獣《やじゅう》は部屋《へや》から出《で》ていきました。ずるーりずるーりという音《おと》をさせながら。

8 西《にし》の塔《とう》

やくそくどおり、つぎの日《ひ》から、ベルと野獣《やじゅう》は夕食《ゆうしょく》をいっしょに食《た》べるようになりました。

「夕食《ゆうしょく》のしたくができました。どうぞ広間《ひろま》へ」

読《よ》んでいる本《ほん》にその文字《もじ》がうかびあがると、ベルは本《ほん》をとじ、広間《ひろま》にむかいます。野獣《やじゅう》はたいがい先《さき》について、ベルを待《ま》っていました。

食事《しょくじ》をしながらベルは、昼間《ひるま》読《よ》んだ本《ほん》の話《はなし》や、好《す》きな音楽《おんがく》の話《はなし》をしました。おどろいたのは、野獣《やじゅう》が本《ほん》や音楽《おんがく》にもくわしいことでした。おとうさんはいそがしかったし、おねえさんたちはおしゃれとパーティーにしか興味《きょうみ》がなかったので、本《ほん》や音楽《おんがく》のことをだれかと語《かた》りあうことなど、これまで一度《いちど》もありませんでした。それがどんなに楽《たの》しいことなのかを、ベルははじめて知《し》りました。

野獣《やじゅう》がベル自身《じしん》のことを知《し》りたがったので、ベルは、おとうさんとのくらしや、ふたりのおねえさんのこと、小《ちい》さいころ亡《な》くなったおかあさんの話《はなし》もするようになりました。

やさしかったおかあさんの話《はなし》をしているうちに、ベルはつい涙《なみだ》ぐんでしまうこともありました。

「チョコレートをもっとほしくないかい？　それともリンゴのパイのほうがいいかな」

そうベルにたずねると、野獣《やじゅう》はあわてたようすで「チョコレート

を」と言《い》いました。すると、白《しろ》いお皿《さら》にのったチョコレートがテーブルの上《うえ》にあらわれました。「リンゴのパイを」「プリンを」「あんずのタルトを」そう言《い》って、野獣《やじゅう》はつぎからつぎへと、ベルのよろこびそうなデザートを、テーブルいっぱいにとりだしました。

なんだかとんちんかんです。けれど、野獣《やじゅう》のやさしさがつたわってきてうれしくなったベルは、

「ありがとう」としずかにお礼《れい》を言《い》いました。

けれど、ベルがいくら野獣《やじゅう》のことを聞《き》いても、野獣《やじゅう》はけっして自分《じぶん》について話《はな》そうとはしませんでした。そのかわりのように、野獣《やじゅう》は、ベルに毎晩《まいばん》、「おまえはわたしと結婚《けっこん》できるか？」とはじめて会《あ》った晩《ばん》と同《おな》じプロポーズをするのでした。

ベルがことわると野獣《やじゅう》は席《せき》を立《た》ち、ずるーりずるーりというあのぶきみな音《おと》をたてながら、広間《ひろま》をあとにするのでした。

ある午後《ごご》のことでした。

ベルが廊下《ろうか》を歩《ある》いていると、あいていた小窓《こまど》から一羽《わ》の鳥《とり》が飛《と》びこんできました。青《あお》い尾《お》がピンと長《なが》い美《うつく》しい鳥《とり》です。

「まあ、なんてきれいな小鳥《ことり》かしら」

ベルが思《おも》わず手《て》をさしのべると、小鳥《ことり》はすっと飛《と》びたち、入《はい》ってきたのとはちがう窓《まど》べにとまりました。そして、その場《ば》から動《うご》かずに、ベルをじっと見《み》つめるのです。ベルが近《ちか》づくと、鳥《とり》はまた飛《と》びたち、すこし先《さき》でベルを待《ま》ちます。そんなことをくりかえすうちに、ベルは、行《い》ってはいけないと言《い》われていた西《にし》の塔《とう》の階段《かいだん》の下《した》まで来《き》ていました。

「もどらなくちゃ」

その気持《きも》ちとはうらはらに、ベルの足《あし》はすでに階段《かいだん》をのぼりはじめていました。

どのくらいのぼったのでしょうか、窓《まど》から、石《いし》づくりの城門《じょうもん》や、形《かたち》よく刈《か》りこまれたトピアリーがならぶ前庭《まえにわ》が見《み》えてきました。反《はん》対《たい》の窓《まど》からはなにが見《み》えるのかしらとのぞいてみると、みごとなバラの庭園《ていえん》が見《み》えました。

「鍵《かぎ》のかかっていたあの木《き》の扉《とびら》のむこうは、バラ園《えん》だったのね。おとうさまはきっとあそこのバラを、わたしのためにつんでしまったんだわ」

いつのまにかふりはじめた雨《あめ》がバラの花《はな》をぬらしていくのを、ベルはしばらくのあいだ、ぼんやりと見《み》ていました。

そのとき、階段《かいだん》のいちばん上《うえ》から、ぎいとドアがひらく音《おと》がしました。

「あんなところに部屋《へや》があるんだわ」

塔《とう》のいちばんてっぺんに、小部屋《こべや》があるようです。そこをめざして、ベルはまた一段《だん》ずつ階段《かいだん》をあがっていきました。

階段《かいだん》をのぼりきり、あけはなたれた部屋《へや》のかたすみに一枚《まい》の肖像《しょうぞう》画《が》を見《み》つけたベルは、息《いき》をのみました。

ていねいにえがかれたハンサムな王子《おうじ》の姿《すがた》に、するどい刃物《はもの》で切《き》りさいたような傷《きず》があったのです。まるで、生《い》きているその王子《おうじ》の顔《かお》を、からだを、にくしみをこめて切《き》りきざんでいるように。

「いったいだれがこんなことを」

知《し》っている答《こた》えをつぶやいたとき、

「そこでなにをしている！」

ほえるような声《こえ》が、ベルのうしろでしました。

「ここに来《き》てはいけないと言《い》ったはずだ。どうしてやくそくをやぶるのだ」

怒《いか》りにふるえる野獣《やじゅう》のさけびが、窓《まど》をびりびりとふるわせ、ガラスを割《わ》りました。はげしさをました雨《あめ》が割《わ》れた窓《まど》から入《はい》ってきます。

外《そと》は暗《くら》く、その暗《くら》さまでもが雨《あめ》といっしょに部屋《へや》に入《はい》りこんできました。

「あなたがしたのね？　どうしてこんなひどいことをするの？」

ベルもまた怒《いか》りにふるえた声《こえ》で聞《き》きました。野獣《やじゅう》にむかってそう問《と》いただすことを、ベルはこのとき、ちっともこわいとは思《おも》いませんでした。

心《こころ》のおくにたくさんのやさしさを持《も》っている野獣《やじゅう》がこんなことをしたのだと思《おも》うと、わけのわからない怒《いか》りがベルのなかに生《う》まれてきたのです。ベルは野獣《やじゅう》があわれでならなかったのです。

「ううーっ」

くるしげなうなり声《ごえ》をあげ、野獣《やじゅう》がそのするどい爪《つめ》で自分《じぶん》の顔《かお》をかきむしりました。

「やめて！　自分《じぶん》を傷《きず》つけるようなことをしないで」

そう言《い》って乱暴《らんぼう》なふるまいをとめようと野獣《やじゅう》に近《ちか》づいたベルは、ちょうどふりあげた野獣《やじゅう》の太《ふと》い腕《うで》に持《も》ちあげられて、ふわりとらせん階段《かいだん》へなげとばされてしまいました。

「ああ、ベル！」

野獣《やじゅう》の悲鳴《ひめい》のようなさけび声《ごえ》が聞《き》こえたかと思《おも》うと、たちまちベルは階下《かいか》へとまっさかさまに落《お》ちていきました。

9 最後《さい》《ご》のプロポーズ

翌朝《よくあさ》、目《め》をさましたベルは、ベッドのなかできのうのできごとをすこしずつ思《おも》いだしていきました。

鳥《とり》を追《お》いかけて西《にし》の塔《とう》まで行《い》ってしまったこと、塔《とう》のてっぺんの小《ち》さな部屋《へや》であの絵《え》を見《み》たこと、それを知《し》った野獣《やじゅう》のこと。

あのかたが自分《じぶん》を傷《きず》つけて、わたしはそれをとめようとした。そして、わたしたちはぶつかって……それから気《き》をうしなって……気《き》づいたのがいま。

あんな高《たか》いところから落《お》ちたというのに、からだのどこをさわっても傷《きず》ひとつありません。

「あのかたが、わたしを助《たす》けてくれたんだわ」

起《お》きあがって、サイドテーブルに目《め》をやったベルは、そこにおかれている手紙《てがみ》に気《き》づきました。

「気分《きぶん》がよくなったら、いっしょに朝食《ちょうしょく》をとらないか。野獣《やじゅう》」

手紙《てがみ》にはそう書《か》かれています。

「いったいどんな顔《かお》をして会《あ》えばいいのかしら」

すこしだけ不安《ふあん》になりながら、ベルは身《み》じたくをととのえて、野獣《やじゅう》が待《ま》っている広間《ひろま》に行《い》きました。

「もう大丈夫《だいじょうぶ》なのか？　その……わたしが

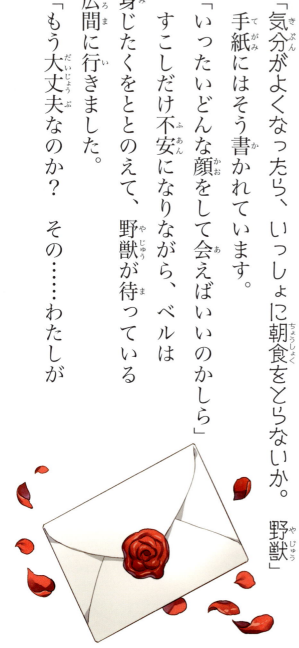

あなたをつきとばしてしまって……すまなかった」

広間《ひろま》に入《はい》ってきたベルに、野獣《やじゅう》は心配《しんぱい》そうにたずねました。

「大丈夫《だいじょうぶ》よ。つきとばしたんじゃなくて、わたしたち、ぶつかってしまっただけよ。あなたが、たおれたわたしを部屋《へや》まではこんでくださったのでしょう？」

野獣《やじゅう》はそうだともちがうとも言《い》わずに、ただ、「よかったら、食事《しょくじ》をはじめよう」と言《い》っただけ。ベルがやくそくをやぶって塔《とう》にのぼったことを責《せ》めることもなければ、肖像画《しょうぞうが》の話《はなし》をすることもありませんでした。野獣《やじゅう》はだまりがちで、会話《かいわ》はいつものようにははずみませんでした。

「たしかバラは好《す》きだったな？」

野獣《やじゅう》がいきなりそうたずねたのは、気《き》まずいままの食事《しょくじ》がおわったときでした。

「ええ。好《す》きです」

とまどいながらベルが答《こた》えると、

「中庭《なかにわ》にバラの庭園《ていえん》がある。案内《あんない》しよう」

野獣《やじゅう》はそう言《い》って、先《さき》に立《た》って歩《ある》きだしました。

あの日《ひ》にはたしかに鍵《かぎ》がかかっていた木《き》の扉《とびら》をすんなりとあけて、野獣《やじゅう》がむかったのは、塔《とう》の上《うえ》から目《め》にしたバラの庭園《ていえん》でした。

きのう、遠《とお》くからながめたバラの花々《はなばな》が、いまは手《て》をのばせばとどくところにありました。

ビロードのような光沢《こうたく》が美《うつく》しい深紅《しんく》のバラ、やわらかなクリーム色《いろ》の大輪《たいりん》のバラ、おとなっぽいうすむらさきのバラ、雪《ゆき》のように純白《じゅんぱく》のバラ、八重《やえ》のバラも一重《ひとえ》のバラもあります。そしていたるところ、甘《あま》いバラの香《かお》りが満《み》ちているのでした。

バラの木《き》の枝《えだ》には小鳥《ことり》がとまり、愛《あい》らしい声《こえ》でさえずっています。きのうの鳥《とり》はいるかしらとベルがあたりを見《み》まわしたとき、足首《あしくび》をツンツンとつつくものがありました。

「まあ、リスの子《こ》ね。こんにちは」

ベルはリスの子《こ》にやさしく声《こえ》をかけました。すると、庭園《ていえん》のあちこちから、リスやウサギたちがあらわれてきました。

この城《しろ》には、ひとはだれもいないのに、こんなにたくさんのかわ

いいものたちがいるのね。そう思《おも》うと、
ひとりでにほほえみがこぼれます。
「おくにあずまやがある。そこですこし休《やす》もう」
ふたりが庭園《ていえん》のおくへと入《はい》っていくと、
小《ちい》さな生《い》き物《もの》たちもついていきました。
「ここは夢《ゆめ》の場所《ばしょ》にそっくりだわ」
あずまやのそばに噴水《ふんすい》を見《み》つけたベルは
つぶやきました。いつかの夢《ゆめ》のなかに
あらわれた庭園《ていえん》と、ここはそっくりだったのです。
「夢《ゆめ》？　なんの夢《ゆめ》だね？」
そこでベルは、ここに来《き》てはじめての夜《よる》に見《み》た夢《ゆめ》の話《はなし》をしました。

「夢《ゆめ》に出《で》てきた貴婦人《きふじん》は、そうよ、あのかたよ」

ベルは噴水《ふんすい》のまんなかで、水《みず》のつぼをかかえて立《た》つ石像《せきぞう》を指《ゆび》さしました。

「きみは、あのひとに夢《ゆめ》のなかで会《あ》ったんだね」

そう言《い》うと、野獣《やじゅう》はだまりこみました。あまりにも長《なが》いことだまっているので、ベルは不安《ふあん》になりました。

「わたし、いけないことを言《い》ったかしら？」

「いや。昔話《むかしばなし》をひとつ思《おも》いだしただけなんだ」

「それはどんなお話《はなし》？」

ベルが瞳《ひとみ》をキラキラさせてたずねると、野獣《やじゅう》は話《はな》しはじめました。

「昔《むかし》、このお城《しろ》にはすぐれた王《おう》と美《うつく》しいお妃《きさき》がいた。ふたりのあいだには王子《おうじ》が生《う》まれ、その子《こ》が大《おお》きくなると、王《おう》と妃《きさき》は、この庭《にわ》で、人々《ひとびと》をあつめては、宴《うたげ》をひらいた。お妃《きさき》がこの庭《にわ》のバラを愛《あい》していたからだ」

まあ、そのお妃《きさき》さま、わたしのおかあさまと同《おな》じだわ、とベルは思《おも》いました。

「王子《おうじ》はあとつぎとしてすくすくそだっていった。ただ、この王子《おうじ》は、気《き》にいらないことがあるとかんしゃくを起《お》こすという悪《わる》いくせがあった。それもひどいかんしゃくだ。物《もの》をこわすなんてまだいいほうで、王子《おうじ》の怒《いか》りにふれれば、だれでも牢屋《ろうや》に入《い》れられてしまったんだよ。いったいこの子《こ》はどうなってしまうのだろう。心配《しんぱい》になった王《おう》と妃《きさき》は、妖精《ようせい》に相談《そうだん》した」

そこまで話《はな》すと、王子《おうじ》は口《くち》をつぐんでしまいました。

「妖精《ようせい》はどうしたの？」

ベルが聞《き》くと、野獣《やじゅう》はこうつづけました。

「さあ、どうしたんだろうね。たぶん、王子《おうじ》をこらしめたんじゃなかったかな。そのほうが王子《おうじ》にとってはよかったのさ。王子《おうじ》がかんしゃくを起《お》こすのにも、それなりの理由《りゆう》はあったとしてもだ。王子《おうじ》っていうだけで、だれもが言《い》うことを聞《き》く。なにをしてもとがめられない。彼《かれ》は王子《おうじ》でいることがとても息苦《いきぐる》しかったんだよ。王子《おうじ》という衣装《いしょう》を着《き》ていないほんとうの自分《じぶん》を知《し》ってほしいといらだっていたんだ」

「かわいそうな王子《おうじ》さま」

と、ベルはつぶやくと、

「それから王子《おうじ》さまはどうしたのかしら？　王《おう》さまやお妃《きさき》さまは？」

と、お話《はなし》の先《さき》をさいそくしました。

「わすれたよ。昔《むかし》の話《はなし》だから」

と、野獣《やじゅう》は言《い》いました。

ベルは、王子《おうじ》さまのことを考《かんが》えつづけました。気《き》のどくな王子《おうじ》が、しあわせになったのかどうか気《き》がかりでしかたありませんでした。

「ベル、最後《さいご》にもう一度《いちど》だけ聞《き》く」

野獣《やじゅう》のその声に、お話《はなし》のなかの王子《おうじ》の姿《すがた》が消《き》えました。

「わたしの妻《つま》になって、ずっといっしょにいてくれないか？」

野獣《やじゅう》はじっとベルを見《み》ています。ベルが答《こた》えるのを待《ま》っています。

ベルも、野獣《やじゅう》をじっと見《み》つめました。そして、こう答《こた》えたのです。

「友《とも》だちではだめですか？　わたしにはいままで、友《とも》だちはひとりもいませんでした。ほしいとも思《おも》いませんでした。わたしにとって、あなたははじめての友《とも》だちです」

長《なが》いため息《いき》をついてから、野獣《やじゅう》はほほえみをうかべました。かなしげなほほえみでした。

「そうしよう。わたしたちは友《とも》だちだ」

それだけ言《い》うと、野獣《やじゅう》は去《さ》っていきました。

10 ふたりの約束《やくそく》

友《とも》だちになると決《き》めてから、ベルと野獣《やじゅう》はいっしょにすごす時間《じかん》がふえていきました。三度《さんど》の食事《しょくじ》をいっしょにとるようになりましたし、ふたりで城《しろ》の庭《にわ》を散歩《さんぽ》するようにもなりました。けれど、野獣《やじゅう》は、ベルがひとりで本《ほん》を読《よ》んだりピアノをひいたりする時間《じかん》はきちんと作《つく》り、けっしてじゃまをすることはありませんでした。

そんなある日《ひ》のこと、あの魔法《まほう》の鏡《かがみ》に、ベッドにふせっているおとうさんの姿《すがた》がうつっているのをベルは見《み》ました。ベルが野獣《やじゅう》に殺《ころ》されたものと思《おも》っているおとうさんは、青《あお》い顔《かお》をしてやせこけ、いまにも死《し》んでしまいそうです。

「おとうさま。わたしはここよ。元気《げんき》でいるのよ。野獣《やじゅう》さんは、わたしにそれはやさしくしてくれているの」

鏡《かがみ》にむかって、ベルはそう言《い》いました。けれど、鏡《かがみ》のむこうにいるおとうさんに、ベルの声《こえ》が聞《き》こえるはずはありません。思《おも》わずベルが鏡《かがみ》に手《て》をのばすと、たちまち、おとうさんの姿《すがた》は消《き》え、鏡《かがみ》はただの鏡《かがみ》にもどってしまいました。

「野獣《やじゅう》さん、野獣《やじゅう》さん」

悲痛《ひつう》な声《こえ》でベルがさけぶと、

野獣《やじゅう》がすぐにかけつけてきました。

「いったいどうしたんだい、ベル。具合《ぐあい》が悪《わる》そうだよ」

野獣《やじゅう》は心配《しんぱい》そうな目《め》で、ベルを見《み》つめました。

「じつは、鏡《かがみ》におとうさまの姿《すがた》がうつっていたのです」

と、ベルは言《い》いました。

「あまりにもやつれていて。おとうさまのことが心配《しんぱい》でならないのです。どうか、おとうさまに会《あ》いに行《い》かせてください。一度《いちど》だけ、帰《かえ》らせてください。お願《ねが》いです」

ベルは必死《ひっし》になってたのみました。

けれど、野獣《やじゅう》は「うー」と、うなり声《ごえ》をあげただけで、なにも言《い》おうとはしませんでした。

やっぱり無理《むり》なんだわ。わたしはここから出《で》ることはできない。友だちになったときからと、つごうのいい考えをしてしまったわ。ベルがそう思《おも》ったときでした。野獣《やじゅう》が重《おも》い口《くち》をひらきました。

「ベル、あなたは大事《だいじ》な友《とも》だちだ。友《とも》だちの願《ねが》いを、どうしてわたしにこばむことができるだろう。けれど、帰《かえ》ってしまえば、あなたは二度《にど》とここにもどりはしないだろう」

「いいえ、ここに帰《かえ》ってくるとおやくそくします。ここがわたしの居場所《いばしょ》なの。ただ、わたしは、どうしても一度《いちど》、おとうさまに会《あ》いたいんです。そして、わたしがしあわせにくらしていることを知《し》らせたいんです。そうすれば、おとうさまは元気《げんき》になるはずですもの。それがかなわないなら、わたしはかなしみで死《し》んでしまうでしょう」

そう言《い》うと、ベルはがまんできずに泣《な》きだしてしまいました。

「ああ、そんなことになったら、わたしも死《し》んでしまう。わかったよ、ベル、おとうさんのところまで送《おく》ってあげよう。しばらくいるといい。あなたがいないあいだ、わたしは死《し》ぬほどのくるしみをあじわうだろうけれど」

「一週間《しゅうかん》したら、かならずもどってきます。あの鏡《かがみ》で、わたしはおねえさまたちが結婚《けっこん》するところも見《み》ました。みんな、あなたのおかげです。でも、おとうさまはいま、ひとりなんです。一週間《しゅうかん》だけ、おとうさまとすごさせてください」

「わかった。あしたの朝《あさ》にはおとうさんのところに帰《かえ》してあげよう」

と、野獣《やじゅう》は言《い》いました。

「ありがとうございます」

ベルは涙《なみだ》をながしながら、お礼《れい》を言《い》いました。

「お礼《れい》なんていいんだ。ただ、やくそくをわすれないでくれ。七日《なのか》目《め》の夜《よる》、テーブルの上《うえ》に**この指輪《ゆびわ》**をおいてねむりなさい。そうすれば、つぎの朝《あさ》にはここに帰《かえ》っている」

野獣《やじゅう》はそう言《い》って、**小《ちい》さな銀《ぎん》の指輪《ゆびわ》**をベルの薬指《くすりゆび》にはめました。

指輪《ゆびわ》には細《こま》かい細工《さいく》がほどこされていましたが、よくよく目《め》をこらさなければ、それがあの貴婦人《きふじん》がつばさのある馬《うま》に乗《の》って空《そら》をかけているのだと見《み》わけることはできなかったでしょう。

「ではベル、いますぐにおとうさんに会《あ》わせてあげよう」

その声《こえ》を聞《き》きおわったと思《おも》ったときには、いなかの小《ちい》さな家《いえ》の玄《げん》関《かん》にベルは立《た》っていたのでした。

11 里《さと》がえり

「おとうさま、ただいま」

さけぶように言《い》って、ベルはなつかしい家《いえ》のなかへとびこみました。ベルのあとを追《お》うように、ドレスのぎっしりつまったトランクもとびこんでいきました。

ものすごいいきおいで知《し》らないむすめがとびこんできたのを見《み》て、お手伝《てつだ》いに来《き》ていた農家《のうか》のおくさんはびっくりして大《おお》きな声《こえ》をあげました。

そのさけび声《ごえ》を聞《き》いて、なにごとが起《お》きたのだろうとおとうさんもかけつけてきました。

「**ベル！**」

おとうさんはそう言《い》ったきり言葉《ことば》が出《で》ません。

「**おとうさま**」

ベルもそう言《い》ったきり言葉《ことば》になりません。

おとうさんがベルをひきよせるようにして、抱《だ》きしめました。そうして、ふたりは泣《な》きながら長《なが》いこと抱《だ》きあっていました。ようやく父親《ちちおや》はベルをはなすと、しげしげとベルを見《み》て、言《い》いました。

「ほんものの、わたしのむすめのベルだよね？」

「ええ、おとうさま、ほんものの、あなたのむすめのベルです」

と、ベルは答《こた》えました。

「生《い》きていてくれたんだね。よかった、ほんとうによかった。そうだ、ベル、おなかはへっていないか？　ごはんにしよう」

と、おとうさんが言《い》いました。

ふたりを見《み》て、もらい泣《な》きをしていた農家《のうか》のおくさんは、おとうさんのその言葉《ことば》を聞《き》くと、

「まあ、だんなさまがおなかがすいたとおっしゃるなんて。すぐ用《よう》意《い》しますよ。いますぐに」

と、言《い》いました。

おくさんが用意《ようい》してくれたのは、野菜《やさい》がたくさん入《はい》ったスープとパンでした。城《しろ》での食事《しょくじ》にくらべたら、とても質素《しっそ》です。けれど、ひさしぶりにいっしょに食《た》べるごはんは、とてもおいしくて、ベル

もおとうさんもひとつのこさず食《た》べました。

食事《しょくじ》がすむと、ベルは、城《しろ》での何不自由《なにふじゆう》ないくらしのことや、野《や》獣《じゅう》がどれほど紳士的《しんしてき》でやさしいひとであるのかということを、おとうさんに話《はな》して聞《き》かせました。

「元気《げんき》そうなおまえの顔《かお》を見《み》て、こわい思《おも》いなどしていないことはすぐにわかったよ。おまえの着《き》ているものを見《み》れば、おまえがどれほど大事《だいじ》にされているのかもわかる」

と、おとうさんは言《い》いました。

「そうだったわ、あたらしいドレスがあるはずなの。さっきわたしといっしょに、トランクもとびこんできたのを見《み》たもの。ここにいるあいだこまらないように、野獣《やじゅう》さんが送《おく》ってくれたのにちがいないわ。きっと着《き》きれないほどたくさんよ。こちらに来《き》て見《み》てくださいな」

ベルがトランクをあけると、はたしてドレスがこぼれでてきました。

「ああ、どれもこれも高価《こうか》なものばかりじゃないか。しかも、たしかに多《おお》すぎる」

「このドレスを、おねえさまがたにもプレゼントしたいわ」

ベルがそう言《い》うと、そのとたんに、ドレスはトランクごと消《き》えてしまいました。

「服《ふく》はぜんぶ、ベルが着《き》るようにということなんじゃないかね」

すると、トントンと床《ゆか》を楽《たの》しげにひびかせて、床《ゆか》の上《うえ》に消《き》えたト

ランクが姿《すがた》をあらわしました。
「やはりそうらしいよ」
と、父親《ちちおや》が言《い》って、ふたりは顔《かお》を見《み》あわせて笑《わら》いました。

12 悪《わる》だくみ

野獣《やじゅう》の城《しろ》からベルがもどってきたことは、ふたりのおねえさんにも知《し》らされました。おねえさんたちは、それぞれのおむこさんといっしょにやってきました。野獣《やじゅう》の金貨《きんか》でお金持《かねも》ちにもどったおねえさんたちにプロポーズしたひとたちです。

「おねえさま、おひさしぶりです。おねえさまたちも、おしあわせにくらしていらっしゃるのでしょう？」

ベルがそう言《い》うと、

「もちろんよ」

おねえさんたちは、声《こえ》をそろえて答《こた》えました。けれど、ふたりとも、じつはちっともしあわせではなかったのです。

上《うえ》のおねえさんのおむこさんは、とてもハンサムな貴族《きぞく》でした。けれど、このひとは自分《じぶん》の顔《かお》のことばかり気《き》にかけて、自分《じぶん》のおくさんの美《うつく》しさなど、すこしもみとめませんでした。

下《した》のおねえさんのおむこさんは、非常《ひじょう》に頭《あたま》のいい学者《がくしゃ》でした。そのために、自分以外《じぶんいがい》のひとがみんなバカに思《おも》えてしまうのでした。ことに、自分《じぶん》のおくさんのことはバカにしきっていました。

おねえさんたちは、王女《おうじょ》さまのようなドレスを着《き》て、いちだんと美《うつく》しくなったベルを見《み》て、くやしくてなりませんでした。

そこでふたりは庭《にわ》に出《で》ると、ベルに気《き》づかれないように話《はな》しはじ

めました。
「おねえさま、わたし、このまま
じゃ、気《き》がすまないわ」
と、下《した》のおねえさんが言《い》いました。
すると、上《うえ》のおねえさんがにや
りと笑《わら》って、答《こた》えました。
「わたしにとってもいい考《かんが》えがあ
るの。一週間《しゅうかん》したら帰《かえ》るって言《い》っ
ていたあの子《こ》をずっとここに引《ひ》き
とめておくのよ」
「いいくらしをさせないようにす

るのね」

「ちがうわ。おまえも頭《あたま》が足《た》りないわねえ」

ふだんから、おむこさんにバカにされている下《した》のおねえさんは、上《うえ》のおねえさんにまでそう言《い》われて、むっとしました。

「ふくれていないで、聞《き》きなさい。あの子《こ》が城《しろ》にもどらなかったら、やくそくをやぶったと言《い》って野獣《やじゅう》はものすごく怒《おこ》るでしょう？　そうすれば、こんどこそ、野獣《やじゅう》はあの子《こ》を食《た》べてしまうわ」

「おっしゃるとおりだわ、おねえさま。どうやってあの子《こ》を引《ひ》きとめましょう？」

「わたしたち、あの子《こ》をうんとかわいがってやるの。そして、いつまでもわたしたちといたいと思《おも》わせるの」

「ああ、なんていいアイデアかしら」

ふたりは顔《かお》を見《み》あわせ、ぞっとするようなみにくい笑《わら》いかたで笑《わら》いました。

おねえさんたちはさっそく、ベルがかわいくてたまらないというように、とくべつやさしくしくしました。おねえさんたちのやさしさに、ベルはうれしくて泣《な》きだしてしまうほどでした。

毎日《まいにち》があっというまにすぎて、やくそくの七日目《なのかめ》の夜《よる》になりました。食事《しょくじ》のあと、ベルはみんなにこう言《い》いました。

「おとうさま、おねえさまがた、おせわになりました。あしたの朝《あさ》には、わたしは城《しろ》に帰《かえ》っています。わたしの姿《すがた》が見《み》えなくても、どうぞ心配《しんぱい》なさらないでね」

おねえさんたちは目《め》くばせをすると、まず、下《した》のおねえさんが、

「いやよ、ベル。あなたが城《しろ》に帰《かえ》ってしまうなんて」

と言《い》って、大泣《おおな》きしました。

「せめて、あと一日《にち》でもあなたがここにいてくれたら。わたしたちもおとうさまも、どんなにうれしいかしら」

と、上《うえ》のおねえさんも髪《かみ》をかきむしって言《い》いました。

「おねえさまがた、どうか泣《な》かないで。わたしだって、おねえさまがたともっといっしょにいたいわ」

すると、上《うえ》のおねえさんが、ここぞとばかりに言《い》いました。

「ねえ、ベル。野獣《やじゅう》さんは、あなたがほんのちょっとおそく帰《かえ》っただけでも、怒《おこ》るかしら？」

怒《おこ》るよりかなしむわ。だからわたしは帰《かえ》らなくちゃ。でも、できることならあとほんのすこし、おとうさまやおねえさまたちといたいわ。

そう思《おも》うと、ベルはどうしていいかわからなくなりました。

「ベル、あと一日《にち》だけ。一日《にち》だけみんなですごしましょう」

おねえさんの言葉《ことば》に、ベルはうなずいてしまいました。

おねえさんたちがしてやったりという顔《かお》をして、おなかのなかで、舌《した》を出《だ》していたことになど、ベルは気《き》づくはずもありません。これがほんとうに最後《さいご》の晩《ばん》だからと、ベルは料理《りょうり》の腕《うで》をふるいました。

ところがつぎの夜《よる》になると、上《うえ》のおねえさんの心臓《しんぞう》が息《いき》もできないほどくるしくなって、そのまたつぎの夜《よる》には、下《した》のおねえさんの頭《あたま》が割《わ》れそうなほどいたくなって、ベルは帰《かえ》ることができなくなりました。

ベルは野獣《やじゅう》のことが心配《しんぱい》でなりませんでした。野獣《やじゅう》に会《あ》えない毎《まい》日《にち》がさびしくてたまらなくなりました。

そんなふうにしてむかえた十日目《とおかめ》の夜《よる》のことでした。

夢《ゆめ》のなかで、ベルはあのバラの庭園《ていえん》にいました。そこで野獣《やじゅう》に会《あ》うやくそくをしていたのに、いくら待《ま》っても野獣《やじゅう》はあらわれないのです。野獣《やじゅう》をさがして歩《ある》くうちに、ベルは、**噴水《ふんすい》のそばにたおれているを野獣《やじゅう》**を見《み》つけました。

「**いやあ！**」

自分《じぶん》のさけび声《ごえ》で、ベルは目《め》をさましました。

「ああ、わたしはなんておろかなのでしょう」

ベルがいなければ、かなしみで死《し》んでしまうと言《い》った野獣《やじゅう》の言葉《ことば》を、ベルは思《おも》いだしました。一週間《しゅうかん》したらかならずもどると誓《ちか》った、自分《じぶん》の言葉《ことば》を思《おも》いだしました。

「あのかたはいつでもあんなにやさしかったのに。いつでもやくそくをまもってくれたのに。あのとき、やくそくをやぶったわたしを信《しん》じてくれたのに、わたしはまたやぶってしまった。たったひとりの友《とも》だちとの大事《だいじ》なやくそくを……」

涙《なみだ》があふれてとまりません。ベルはいますぐにも、野獣《やじゅう》に会《あ》いたくてたまらなくなりました。心《こころ》からあやまり、おろかな自分《じぶん》をゆるしてもらわなくてはなりません。どんなことがあっても、野獣《やじゅう》をうしないたくはありませんでした。自分《じぶん》でも気《き》づかないうちに、ベルは、野獣《やじゅう》を愛《あい》していたのです。

「**会《あ》いたい！　わたし、あのかたに会《あ》いに行《い》かなくちゃ！**」

そうさけぶと、ベルは靴《くつ》さえはかずに家《いえ》をとびだし、夜《よる》の闇《やみ》のなかを野獣《やじゅう》の城《しろ》にむかってかけだしました。

そのときです、暗《くら》い空《そら》のかなたから一《ひと》すじのひかりがさし、まっすぐにベルのところへとやってきました。それはひかりかがやく白《しろ》い馬《うま》でした。馬《うま》の背中《せなか》には、いつかの夢《ゆめ》で会《あ》った貴婦人《きふじん》が乗《の》っていました。

「さあ、お乗《の》りなさい、早《はや》く！」

そう言《い》って、貴婦人《きふじん》がベルに手《て》をさしのべました。

「おそすぎるかもしれません。まにあうといいのですが。とにかくいそぎましょう」
貴婦人《きふじん》が馬《うま》の腹《はら》をけると、馬《うま》はものすごい速《はや》さで空《そら》をかけていきました。
城《しろ》が見《み》えたと思《おも》ったときには、ベルは中庭《なかにわ》に立《た》っていました。

13 ほんものの愛《あい》とほんとうの姿《すがた》

ベルはいちもくさんに、夢《ゆめ》で見《み》た場所《ばしょ》にむかいました。ふりつもる雪《ゆき》と、ようしゃなくたたきつけるふぶきに、バラの花《はな》はくちはて、かわいい動物《どうぶつ》たちの姿《すがた》もどこにもありません。ただ、死《し》のように冷《つめ》たく、無《む》のように白《しろ》い光景《こうけい》がひろがっているだけです。

それでもベルは必死《ひっし》におくへおくへと入《はい》っていきました。ようやくあずまやと噴水《ふんすい》が見《み》えてきました。そして——そのすぐそばで、雪《ゆき》にうもれるように野獣《やじゅう》がたおれていたのです。

野獣《やじゅう》は死《し》んでしまったのでしょうか。おそすぎたのでしょうか。

まにあわなかったのでしょうか。

ベルは、かがみこんで野獣《やじゅう》のからだにつもる雪《ゆき》をはらいのけました。

「お願《ねが》い、目《め》をあけて」

ベルは野獣《やじゅう》の胸《むね》にほほをよせました。野獣《やじゅう》の心臓《しんぞう》がかすかに動《うご》いているのが感《かん》じられます。

「目《め》をあけて。お願《ねが》い」

それでも野獣《やじゅう》の目《め》はとじられたままです。

「ああ、どうか、神《かみ》さま。彼《かれ》を助《たす》けてください」

野獣《やじゅう》のからだをゆすり、ベルはさけびつづけました。うっすらと、目《め》をあけると、野獣《やじゅう》は力《ちから》ない声《こえ》で言《い》いました。

「きみは、やくそくをわすれてしまったね」

「ごめんなさい。帰《かえ》ってきたくなかったんじゃないの」

ベルの涙《なみだ》が野獣《やじゅう》のほほの上《うえ》に落《お》ちました。

「やくそくの一週間《しゅうかん》がすぎて、きみが帰《かえ》ってこないとわかってから……わたしは食事《しょくじ》ものどをとおらなかった……そしていっそ……なにも食《た》べずに死《し》んでしまおうと……決心《けっしん》したんだよ」

息《いき》をするのさえつらそうに、野獣《やじゅう》が言《い》いました。ベルの心《こころ》は後悔《こうかい》とかなしみで、いまにもはりさけそうでした。

「あなたが死《し》んだら、わたしも死《し》んでしまうわ」

「そんなこと言《い》わないでおくれ。最後《さいご》にまたきみに会《あ》えた……これで……心《こころ》おきなく死《し》んでいける」

そう言《い》うと、野獣《やじゅう》は目《め》をとじました。

「死《し》んじゃだめ！」

野獣《やじゅう》のからだを抱《だ》きかかえるようにして、ベルがさけびました。

「死《し》なないで。わたし、やっと気《き》づいたんです。わたしはあなたを愛《あい》しているんです。**結婚《けっこん》しましょう**」

ベルはそう言《い》うと、野獣《やじゅう》にキスをしました。

そのとたん――。

空《そら》にいきなり大《おお》きな花火《はなび》があがりました。

どこからか楽隊《がくたい》のかなでる音楽《おんがく》がひびきわたりました。

いつのまにか雪《ゆき》のとけた庭《にわ》は、ふたたび春《はる》の姿《すがた》をとりもどしました。その庭《にわ》のあちらこちらから、リスや野《の》ネズミ、ウサギやキツネが顔《かお》を出《だ》しました。バラの木《き》の枝《えだ》には、小鳥《ことり》がとまり、音楽《おんがく》に合《あ》わせてうたいはじめました。

野獣《やじゅう》のからだの上《うえ》にふるのは雪《ゆき》ではありません。バラの花《はな》びらです。いえ、野獣《やじゅう》ではありません。そこにいるのは、**美《うつく》しい王子《おうじ》**でした。

「彼《かれ》はどこ？」

と、ベルはたずねました。

「ここだよ」

と、王子《おうじ》が言《い》いました。

「ベル。**ぼくがその野獣《やじゅう》なんだよ**」

「あなたが？　ほんとうにあなたが？」

信《しん》じられないと言《い》うように、ベルは聞《き》きかえしました。

「妖精《ようせい》が、ぼくをあの姿《すがた》にかえてしまったんだ。かんしゃく持《も》ちなぼくをね」

「ああ、あなたのことだったのね。あのお話《はなし》の王子《おうじ》さまは……ああ、そして、あの肖像画《しょうぞうが》も」

と、ベルが言《い》いました。

「心《こころ》の美《うつく》しいむすめが、心《こころ》から彼《かれ》を愛《あい》してくれるまでとけない魔法《まほう》をかけたのよ」

噴水《ふんすい》の石像《せきぞう》がそう言《い》いながら、歩《あゆ》みよってきました。いえ、石像《せきぞう》ではなく、背中《せなか》に美《うつく》しい羽《はね》のあるあの貴婦人《きふじん》です。いまさっきまでは、たしかに石像《せきぞう》だったのですが。

「あなたがその妖精《ようせい》だったのですね」

ベルはそう言《い》うと、ひざまずくようにして礼《れい》をしました。

「あなたのえらんだひとは、いまや立派《りっぱ》なひととなりましたよ。あなたは、見《み》かけだけの美《うつく》しさや、身分《みぶん》などというものより、りっぱな心《こころ》を、誠実《せいじつ》な心《こころ》をえらんだのです。あなたの心《こころ》の美《うつく》しさが、真実《しんじつ》を見《み》る目《め》をあなたにあたえたのです」

「ありがとうございます。でもわたしは、もうすこしで真実《しんじつ》の愛《あい》を見《み》うしなうところでした」

「ええ、まにあってほんとうによかったですよ。さあ、魔法《まほう》がとける時間《じかん》です」

妖精《ようせい》が空《そら》にむかってパチンと指《ゆび》をならすと、美《うつく》しいつがいの小鳥《ことり》がまいおりてきました。ピンとした青《あお》い尾《お》を持《も》つ小鳥《ことり》。そのうちの一羽《わ》はたしかにあの日《ひ》、ベルを西《にし》の塔《とう》までみちびいた小鳥《ことり》にちがいありません。

二羽《わ》の小鳥《ことり》は、地面《じめん》につくと同時《どうじ》に王《おう》と王妃《おうひ》にかわりました。ふたりのことも、ベルは知《し》っていました。肖像画《しょうぞうが》の部屋《へや》で会《あ》ったことがあるのです。

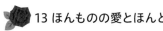

「さあ、あなたたちも」

妖精《ようせい》がふたたび指《ゆび》をならすと、リスや野《の》ネズミ、ウサギにキツネも人間《にんげん》にもどりました。彼《かれ》らはみんな、城《しろ》の家臣《かしん》や使用人《しようにん》たちでした。

よろこびの声《こえ》が庭園《ていえん》じゅうにひびきわたりました。

王子《おうじ》はベルの手《て》をとって、ダンスにさそいました。

「ベル、ぼくと結婚《けっこん》してくれますか？」

音楽《おんがく》に合《あ》わせておどりながら、王子《おうじ》がベルの耳《みみ》もとでささやきました。すると――。

「こまったわ」

と、ベルはくすくす笑《わら》いだしました。王子《おうじ》がふしぎそうにベルを見《み》つめます。

「だって、わたしはさっき、野獣《やじゅう》さんに結婚《けっこん》してくださいって言《い》ってしまったんですもの。王子《おうじ》さまじゃなく、野獣《やじゅう》のあなたに」

それを聞《き》くと、王子《おうじ》はベルを抱《だ》きしめました。二度《にど》と離《はな》しはしないというように、とても強《つよ》くとてもやさしくぎゅっと抱《だ》きしめたのです。

作者《さくしゃ》と物語《ものがたり》について

真実《しんじつ》の恋《こい》の物語《ものがたり》

編訳《へんやく》／石井睦美《いしいむつみ》

一輪《りん》のバラの花《はな》のために、おそろしい野獣《やじゅう》のお城《しろ》にとらわれてしまった心《こころ》やさしいベル。やがてベルの愛《あい》によって魔法《まほう》がとかれ、野獣《やじゅう》はすくわれるというこの物語《ものがたり》は、いまから二百五十年《ねん》も前《まえ》に、ボーモン夫人《ふじん》によって書《か》かれました。すぐれた教育者《きょういくしゃ》でもあったボーモン夫人《ふじん》は、子《こ》どもたちのためになるお話《はなし》を書《か》こうとしました。『美女《びじょ》と野獣《やじゅう》』もそのひとつです。父親《ちちおや》のかわりに罰《ばつ》を受《う》けようとしたベルのやさしさがしあわせをつかみ、お姉《ねえ》さんたちのように自分《じぶん》勝手《かって》で思《おも》いやりの心《こころ》がなければしあわせになれないということを、ボーモン夫《ふ》人《じん》は物語《ものがたり》のなかでつたえたかったのでしょう。

けれど、そんな教訓《きょうくん》だけなら、この物語《ものがたり》がこんなにも長《なが》いあいだ、世界《せかい》じゅうの女《おんな》の子《こ》に読《よ》まれつづけたはずはありません。

そもそも、ベルはやさしいだけがとりえの女《おんな》の子《こ》でしょうか？　わたしはそうは思《おも》いません。ベルは、どちらかというと他人《たにん》が苦手《にがて》で、本《ほん》の世界《せかい》のなかに自分《じぶん》の居場所《いばしょ》をもとめる風変《ふうが》わりな女《おんな》の子《こ》です。想像力《そうぞうりょく》がゆたかで、ひとと ちがうことをおそれない勇《ゆう》かんな一面《いちめん》も持《も》っています。そして、そういう女《おんな》の子《こ》の多《おお》くがそうであるように、ベルはひとりぼっちでした。

そんなベルだったからこそ、野獣《やじゅう》の絶望《ぜつぼう》や孤独《こどく》を、彼《かれ》の心《こころ》の奥底《おくそこ》にあるやさしさを、感《かん》じることができたのではないでしょうか。

物語《ものがたり》の終盤《しゅうばん》、西《にし》の塔《とう》で野獣《やじゅう》が自分《じぶん》で自分《じぶん》を傷《きず》つけようとしたとき、ベルが怒《おこ》りながら野獣《やじゅう》をとめるシーンがありますね。このときベルは、野獣《やじゅう》と同《おな》じ苦《くる》しみを感《かん》じていたのです。それは、ベルが野獣《やじゅう》を心《こころ》から愛《あい》していたからにほかなりません。

物語《ものがたり》では鏡《かがみ》が重要《じゅうよう》なモチーフになっています。野獣《やじゅう》が自分《じぶん》のみにくい姿《すがた》にいらだって割《わ》ってしまうのも、ベルに遠《とお》くはなれた父親《ちちおや》のようすを教《おし》えるのも鏡《かがみ》です。そしてもうひとつ、この物語《ものがたり》には見《み》えない鏡《かがみ》の存在《そんざい》があるようにわたしは思《おも》います。それは、おたがいの真《しん》の姿《すがた》をうつしあう鏡《かがみ》、おたがいの心《こころ》の奥《おく》をてらしだす鏡《かがみ》。真実《しんじつ》の恋《こい》という鏡《かがみ》です。

おしえてビリギャル先生《せんせい》!!

読《どく》書《しょ》感《かん》想《そう》文《ぶん》の書《か》きかた

坪《つぼ》田《た》信《のぶ》貴《たか》

1 ワクワク読《よ》みをしよう！

「読書感想文《どくしょかんそうぶん》を書《か》くために読《よ》む」とか「宿題《しゅくだい》だから」じゃなくて、まずは楽《たの》しく本《ほん》を読《よ》もう。今《いま》まで考《かんが》えたこともなかったようなふしぎな世界《せかい》がまってるよ。そして読《よ》む前《まえ》とくらべて、ずーっと世界《せかい》が広《ひろ》がって、頭《あたま》もよくなっているんだ。そんなすがたを想《そう》像《ぞう》してワクワクしながら読《よ》もう。

2 おもしろかったこと決定戦《けっていせん》！

本《ほん》を読《よ》みおえたら、なにがおもしろかったか（印《いん》象《しょう》にのこったか）考《かんが》えてみよう。セリフでも、なんでもいいから、本《ほん》を見《み》ないで紙《かみ》に書《か》きだしてみて。おわったら、こんどは本《ほん》をめくりながら、「ああ、これもおもしろかった」というのをあらためて書《か》こう。「一番《いちばん》」おもしろかったこと決定戦《けっていせん》をするんだ。

3 作戦《さくせん》をたてる（下書《したが》きをする）！

感想文《かんそうぶん》は、4つの段落《だんらく》にわけて書《か》くとうまくいくよ。【第《だい》一段落《だんらく》】は、この本《ほん》を読《よ》むきっかけや、そのときの出来事《できごと》。【第《だい》二段落《だんらく》】は、あらすじ。【第《だい》三段落《だんらく》】は、2で決《き》めた一番《いちばん》おもしろかった（心《こころ》にのこった）こと。【第《だい》四段落《だんらく》】は、この本《ほん》を読《よ》んで、どんなことに気《き》づいたか、どんなことを学《まな》んだか、世界《せかい》がどう広《ひろ》がったか、自分《じぶん》がどうかわったか。

それぞれの段落《だんらく》に書《か》くことを、メモするようにかんたんに下書《したが》きしよう。

下書《したが》き

- この本《ほん》に出会《であ》ったきっかけは？

本屋《ほんや》さんで表紙《ひょうし》をみて、どうしてこのふたりが両思《りょうおも》いに？って気《き》になったから

- この本《ほん》のあらすじは？

かわりものだけど美人《びじん》のベルが、おそろしい野《や》じゅうと恋《こい》に落《お》ちるお話《はなし》

- 一番心《いちばんこころ》にのこったところは？

野《や》じゅうがベルにプロポーズしたのにことわられるところ。おこらずに友《とも》だちでいるときめた野《や》じゅうはえらい！

- この本《ほん》を読《よ》んで自分《じぶん》はどうかわった？

ほんとに好《す》きな人《ひと》ができたら、その人《ひと》の気持《きも》ちをいちばんにかんがえようと思《おも》う

4 作家《さっか》になったつもりで書《か》いてみよう！

ここからが本番《ほんばん》だ。まずは「タイトル」決《ぎ》め。みんなが「お！」と思《おも》うようなオリジナルのタイトルをつけてみよう。そして、【一文目《ぶんめ》】がすごく大事《だいじ》。自分《じぶん》が作家《さっか》の先生《せんせい》になったつもりで命《いのち》がけで書《か》いてみよう。

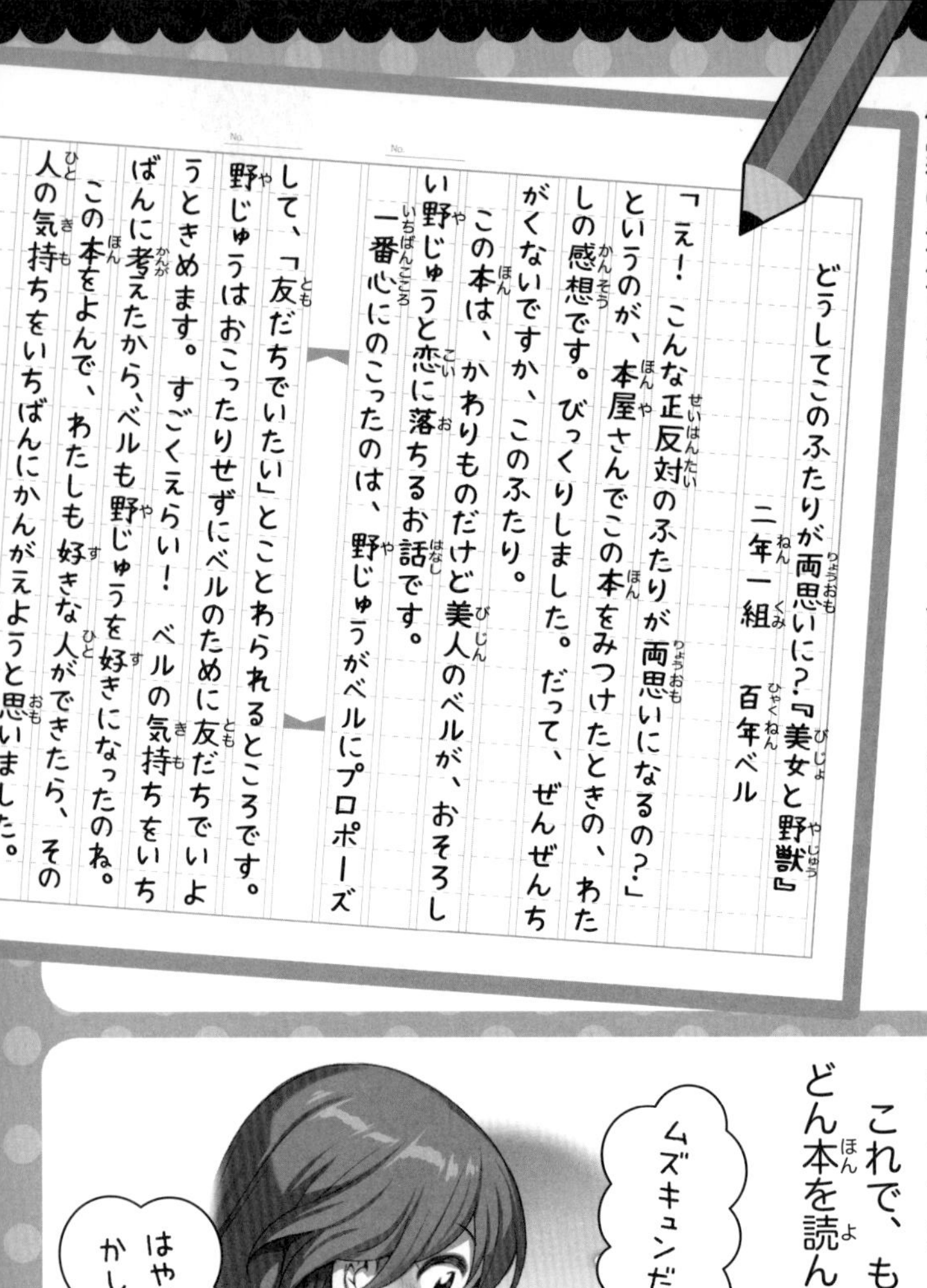
どうしてこのふたりが両思《りょうおも》いに？『美女《びじょ》と野獣《やじゅう》』
二年《ねん》一組《くみ》　百年《ひゃくねん》ベル
「え！　こんな正反対《せいはんたい》のふたりが両思《りょうおも》いになるの？」というのが、本屋《ほんや》さんでこの本《ほん》をみつけたときの、わたしの感想《かんそう》です。びっくりしました。だって、ぜんぜんちがくないですか、このふたり。
この本《ほん》は、かわりものだけど美人《びじん》のベルが、おそろしい野《や》じゅうと恋《こい》に落《お》ちるお話《はなし》です。
一番心《いちばんごころ》にのこったのは、野《や》じゅうがベルにプロポーズして、「友《とも》だちでいたい」とことわられるところです。野《や》じゅうはおこったりせずにベルのために友《とも》だちでいようときめます。すごくえらい！　ベルの気持《きも》ちをいちばんに考《かんが》えたから、ベルも野《や》じゅうを好《す》きになったのね。
この本《ほん》をよんで、わたしも好《す》きな人《ひと》ができたら、その人《ひと》の気持《きも》ちをいちばんにかんがえようと思《おも》いました。

5 さいごに読《よ》みかえそう！

さいごに自分《じぶん》の書《か》いた文章《ぶんしょう》を読《よ》みかえしてみよう。その感想文《かんそうぶん》を読《よ》む人《ひと》の気持《きも》ちを考《かんが》えながら、読《よ》みかえして、より楽《たの》しく読《よ》んでもらえる表現《ひょうげん》はないか、まちがった言葉《ことば》はないかなどを考《かんが》えてみよう。

これで、もうあなたも感想文《かんそうぶん》マスターです。どんどん本《ほん》を読《よ》んで感想文《かんそうぶん》を書《か》いてみてくださいね。

ムズキュンだわ～
はやくむすばれないかしら。このふたり…

もっとくわしく知《し》りたい人《ひと》は…

「100年後《ねんご》も読《よ》まれる名作《めいさく》」のHP《ホームページ》で、ビリギャル先生《せんせい》が教《おし》える動画《どうが》が見《み》られるよ！↓

http://www.kadokawa.co.jp/pr/b2/100nen/

おうちの方へ

いま、100年後も読まれる名作を読むこと

坪田信貴（坪田塾・N塾代表）

映画にもなったビリギャル＝『学年ビリのギャルが１年で偏差値を40上げて慶應大学に現役合格した話』著者。自身の塾で1300人以上の生徒の偏差値を急激にのばしてきたカリスマ塾講師。

●「正解」のない人生。しかし一つ、「正解」があります

世の中に「つねに正解」というものはなかなかありません。しかし、本書をお子さんが手に取り、何度も読むとしたら、それはまちがいなく「正解」です。

ぼくは、１３００人以上の子どもたち一人ひとりを「子別」指導してきたこれまでの経験と理論から、この「100年後も読まれる名作」シリーズを監修しました。その上で、この本を強烈に推薦させていただきたいと思います。

●人生は、名作に出会うことで大きく変わる

そもそも人生は、"だれと出会うか"によって決まります。

そして、その「だれ」が、「"良質なもの"」にたくさんふれてきた人」や「"良質なもの"を生み出したその本人」であれば、人生はよりよきものになります。

では、"良質なもの"とはなんでしょう?――それこそが、本シリーズが「この物語なら100年後も読まれているだろう」と厳選した名作です。

名作と呼ばれる物語は、人類にとって、普遍的に価値があるものです。

読書をすることで、そんな価値あるものを生み出した天才である作者の頭の中をのぞき、その作者と対話できるのです。

若くして名作に出会うことは、若くして歴史上の天才たちと語らうことなのです。

●名作に出会わせることが、子どもの底力を作る

国語の能力は、今後の受験勉強をふくめたすべての学習の基礎となります。

若くして名作の名文にふれることで、語彙がふえ、読む力が高まり、想像力がゆたかになり、数多くのすばらしい表現を学べます。

なによりすぐれているのは、それを「何度でも」、好きなときに学べることです。

古今東西で評価されてきた名作を好きになり、何度も読みかえすことは、とても自然なことで、それを通じて、「勉強を復習する習慣」も身につきます。

しかも本シリーズは、現代の子どもたちが好むイラストをふんだんに掲載し、お子さんが想像力や発想力を育むことを楽しく手助けしてくれます。そして、活字が苦手な子でも「読書が楽しく」なるよう、日本トップクラスの翻訳者・作家が、細心の配慮をもって執筆しています。

お子さんが、小学生のうちに「読みやすく、楽しい名作」で読書の虫になれば、きっとそのお子さんの人生は名作をなぞり、その人生が名作となります。

そして良書をあたえることができた親御さんや先生は、そのきっかけを生み出した作者となれるのです。

ぜひ本書で、お子さんたちに、歴史上の天才たちと対話をしていただければ、と考えます。

▶制作《せいさく》とちゅうのカバーです。発売時《はつばいじ》には変更《へんこう》されます。

つぎに出《で》る名作《めいさく》は…

100年後《ねんご》も読《よ》まれる名作《めいさく》5

ドリトル先生航海記《せんせいこうかいき》

作／ヒュー・ロフティング　編訳／河合祥一郎《かわいしょういちろう》
絵／patty《パティ》　監修／坪田信貴《つぼたのぶたか》

ドリトル先生《せんせい》は動物《どうぶつ》と話《はな》せる、世界《せかい》でただひとりのお医者《いしゃ》さん。行方不明《ゆくえふめい》の大博物学者《だいはくぶつがくしゃ》をさがすために、助手《じょしゅ》のトミー少年《しょうねん》やなかよしの動物《どうぶつ》たちと船《ふね》に乗《の》り、浮《う》かぶ島《しま》クモザル島《とう》をめざしますが…

2017年
9月15日
発売予定

下のおねえさま

びんぼうだけど、動物《どうぶつ》に大人気《だいにんき》なお医者《いしゃ》さんドリトル先生《せんせい》のお話《はなし》よ。ニューベリー賞《しょう》も受賞《じゅしょう》した名作中《めいさくちゅう》の名作《めいさく》で、日本《にほん》でもとくに人気《にんき》がたかいんですって。ハチャメチャなうえに楽《たの》しいって、ベルがいってたわ。

100年後《ねんご》も読《よ》まれる名作《めいさく》

発売中

①ふしぎの国《くに》のアリス

③美女《びじょ》と野獣《やじゅう》

②かがみの国《くに》のアリス

④怪人二十面相《かいじんにじゅうめんそう》と少年探偵団《しょうねんたんていだん》

そうじがおわったら読《よ》もーっと!

くわしくは公式《こうしき》ホームページで!　http://www.kadokawa.co.jp/pr/b2/100nen/

笑《わら》い猫《ねこ》の5分《ふん》間《かん》怪《かい》談《だん》

④ 真《ま》冬《ふゆ》の失《しつ》恋《れん》怪《かい》談《だん》

作／那須田 淳　絵／okama

ねこなめ町《ちょう》には「笑《わら》い猫《ねこ》」のうわさがある。

満月《まんげつ》の夜《よる》の、深夜《しんや》0時《じ》に出《で》るそうよ。

でもほんとは、時間《じかん》なんて関係《かんけい》ないみたい。満月《まんげつ》どころか、お日《ひ》さまがのぼってても、のこのこ平気《へいき》で出《で》てくるらしい。それもきまって、猫《ねこ》にまつわる名前《なまえ》の場所《ばしょ》に。

まったく、でたらめすぎる猫《ねこ》でしょ。電車《でんしゃ》に化《ば》けて乗《の》ってきた人《ひと》をまるごと飲《の》みこんだり、歯医者《はいしゃ》さんになってききたくもない怪談《かいだん》をいやっていうほどきかせたり。そのうえ、うかんでは消《き》えて、にやにや笑《わら》うんですって。

子《こ》どもっぽいうわさ……ほんとバカまるだし。

うちのクラスの三池《みいけ》タクトがそんなウソをついてたわ。四年生《ねんせい》にもなってどうしようもないやつね。

でも、まあそんな猫《ねこ》がいるなら、出《で》てきてほしい。

それで…町《まち》じゅうめちゃくちゃにして、きょうあったことをぜんぶなかったことにしてほしい！

……ってなにムチャいってるの、わたしったら。

英会話教室《えいかいわきょうしつ》の帰《かえ》り道《みち》だった。わたしはのろのろとショッピングモールKOTATSU《コタツ》の時計広場《とけいひろば》を歩《ある》いていた。

きょうはクリスマスイブ。お店《みせ》はどこもぴかぴかにかざりつけられている。たのしげな音楽《おんがく》に、なかよく歩《ある》くカップル……カップル……カップルカップルカップルってどんだけカップルがいるの！

それなのに……ああ、もうわたしの人生《じんせい》おわった……

失恋《しつれん》したんだ、きょう。それも、とんでもないフラれかたで。

きっかけは、英会話教室《えいかいわきょうしつ》にまちがったノートをもってきたこと。

いつもどおり、授業《じゅぎょう》がはじまる前《まえ》に、参考書《さんこうしょ》とノートをつくえに出《だ》して、お手洗《てあら》いに行《い》ったの。

もどってきたら、わたしの席《せき》のまわりに人《ひと》だかりができていた。

——おー、黒井《くろい》アリサ大先生《だいせんせい》が帰《かえ》ってきたぞー。

男子《だんし》のひとりがにやにや笑《わら》いながら、緑色《みどりいろ》のノートをふってみせた。

『Love《ラブ》 Forever《フォーエバー》 ～この愛《あい》をわすれない⑭～』と表紙《ひょうし》に書《か》かれたわたしの小説《しょうせつ》ノートだ。

——すごいな、これ。主人公《しゅじんこう》も黒井《くろい》アリサで、作者《さくしゃ》も黒井《くろい》アリサ。

——⑭巻《かん》もあるのか。①巻《かん》から読《よ》ませてくれよ。

——さすが英語《えいご》がとくいな黒井《くろい》だな。ラブ・フォーエバーって！

どっと笑《わら》いがおきた。

——この、主人公《しゅじんこう》のおさななじみで生《い》き別《わか》れの兄《あに》で運命《うんめい》の人《ひと》・小山《おやま》田陸《だりく》って、まさかあの小山田《おやまだ》さんのことか？

わたしは、はずかしさとくやしさでわなわなとふるえた。

四年生《ねんせい》なのに飛《と》び級《きゅう》で高学年《こうがくねん》クラスに入《はい》ったくらい成績《せいせき》もよくて、だれからもバカにされたことなんてなかったのに。

——あ、小山田《おやまだ》さん。黒井《くろい》が小山田《おやまだ》さんのことが好《す》きだって！

教室《きょうしつ》の前《まえ》を通《とお》りかかった中一《ちゅう》の小山田陸《おやまだりく》さんがびっくりした顔《かお》で、え—？ とききかえした。

——ごめん。おれ、好《す》きな子《こ》いるんだ。

ええええっ!?

ショックでたおれそう！ そこへ、となりの男子《だんし》がおいうちをかける。

——小山田《おやまだ》さん、鈴村《すずむら》ミサキが好《す》きなんだよ。

えええええっっ!!

鈴村《すずむら》ミサキ……どこがいいの、あんなの……わたしよりひとつ上《うえ》の五年生《ねんせい》のくせに塾《じゅく》で一番《いちばん》おバカで、いつのまにかやめちゃった子《こ》……

あ～～！ いやだ!! あ～～！ ふゆかい!!

「こんな町《まち》、笑《わら》い猫《ねこ》に占領《せんりょう》されちゃって、わたしもあの子《こ》もみんなまとめてひどいめにあえばいいんだわっ！」

顔《かお》をあげて、おもいっきりさけんだ。

「おい、なにさわいでんだ、黒井《くろい》？」

ききおぼえのある声《こえ》がしてふりかえる。

そこには、同《おな》じクラスの三池《みいけ》タクトがへらへら笑《わら》って立《た》っていた。しかも、となりで、あの鈴村《すずむら》ミサキが手《て》をふっている！

そういえば、このふたり、いとこ同士《どうし》だったわ！

「なんのこと？」耳《みみ》もとの髪《かみ》をさっとはらう。

「え？ いま、めちゃくちゃぶっそうなこと大声《おおごえ》でいってたじゃん」

三池《みいけ》タクトがアホづらできききかえす。

「**は？** だから、なんのことよ？」

どこまでおバカなの！ 空気《くうき》をよみなさい!!

「黒井《くろい》アリサちゃんだよね？ あたし、英会話教室《えいかいわきょうしつ》でいっしょだったミサキだよ。おぼえてる？」

いわれなくても知《し》ってるわ！ あなたも空気《くうき》をよみなさい!!

なにもいわずにくるりと背《せ》をむけ、歩《ある》きだそうとすると、鈴村《すずむら》ミサキが両手《りょうて》でわたしのうでをガシッとつかんだ。

「アリサちゃん、いっしょーのおねがい!! つきあってくれないかな」

「な、なに！ ちょっとやめてくれませんか！」

「ごめんね、限定《げんてい》消《け》しゴム買《か》いたいんだけど、一人《ひとり》二個《こ》までなんだよね。アリサちゃんがいたら、あたしたち三人《にん》で六《むっ》つ買《か》えるの。おねがい!!」

はあ？ なんでわたしが……

「ミサキちゃん、あしたのクリスマスに、消《け》しゴムで好《す》きな人《ひと》に手作《てづく》りプレゼントをあげたいんだって」

三池《みいけ》タクトが鼻《はな》をほじりながらいった。

好《す》きな人《ひと》に手作《てづく》りプレゼント！

ムカムカとまっ黒《くろ》い気持《きも》ちがこみあげてきた。

わたしいかない！ といいかけて、ミサキの『六《むっ》つ』という言葉《ことば》にふいにひっかかる。

六《むっ》つ…？ 六《むっ》つも消《け》しゴムを買《か》って、いったいなにを作《つく》るつもりなの。

それに、この子《こ》の好《す》きな人《ひと》ってだれだろう……。ていうか、小山田《おやまだ》さんだったらどうしよう！

「……しょうがないわね。じゃあつきあってあげる」

「ほんと？ ありがとー！」

ミサキは声《こえ》をはずませると、エスカレーターわきのワゴンに山《やま》とつまれたサンタすがたのネコのぬいぐるみを手《て》にとった。

「これもいっしょにプレゼントしちゃおっかな。メリークリスマスってしゃべるぬいぐるみなんだって」

ダッサいぬいぐるみ！ 小山田《おやまだ》さん、絶対《ぜったい》こんなの好《す》きじゃないわ！

「カレ、ネコが好《す》きなの」

うそでしょ！ そんなのぜんぜん知《し》らなかった!!

……いいえ、おちつくのよ、わたし。まだ鈴村《すずむら》ミサキが、小山田《おやまだ》さんを好《す》きと決《き》まったわけじゃないんだから。

ミサキにふりまわされてゼーハーいってるわたしのとなりで、三池《みいけ》タクトが、「あれ？ これだけガラがピンクだぞ」と、ネコのぬいぐるみを手《て》にとり、ひゃあっ！とかんだかい声《こえ》をあげた。

「なに!? きもちわるいわね！」

「な、なんでもない。あ、これもってて。ぼく、トイレ。もれそう」

タクトはわたしにぬいぐるみをひょいとあずけて、やけにぎくしゃくと、むこうに歩《ある》いていった。

「まったく下品《げひん》ね。ちゃんと手《て》を洗《あら》ってくるかしら」

わたしは眉《まゆ》をひそめ、タクトがよこしたぬいぐるみをかかげて見《み》る。

なんだかへんなぬいぐるみね。このなかでも、ひときわダサい。**モフモフしていて顔《かお》がでかくて口《くち》もでかい。**それに**ピンクのネコ**なんておかしいわ。

そう思《おも》ったとき、サンタのかっこうをした笑《わら》い猫《ねこ》がにやっと笑《わら》った。

「メリークリスマス、ラブ・フォーエバー」

（つづく）

※掲載《けいさい》にあたって本文《ほんぶん》を一部《いちぶ》省略《しょうりゃく》・変更《へんこう》しています。

キャラぱふぇブックスシリーズ

人気《にんき》キャラのなぞなぞであそんじゃおう♪

みんなが好《す》きなキャラクターと、楽《たの》しくあそべるなぞなぞがいっしょになった本《ほん》をご紹介《しょうかい》！

どちらの本《ほん》にも全部《ぜんぶ》で222問《もん》のっているから、お友達《ともだち》やお家《うち》の人《ひと》とたくさんあそんでね★

すみっコぐらし ～なぞなぞなんです～

好評発売中《こうひょうはつばいちゅう》！ 定価《ていか》（本体《ほんたい》800円《えん》＋税《ぜい》）

なぞなぞにチャレンジ！1

※答《こた》えはこのページの下《した》にあるよ。

1 とても寒《さむ》いけど、安心《あんしん》する音楽《おんがく》が流《なが》れている場所《ばしょ》はどこかな？

2 とってもすっぱそうな小説《しょうせつ》ってなぁに？

なぞなぞリラックマ

2017年夏発売予定《ねんなつはつばいよてい》！ 予価《よか》（本体《ほんたい》800円《えん》＋税《ぜい》）

なぞなぞにチャレンジ！2

3 わたはわたでもあまくてたべられるわたってなーんだ？

4 あたまの「お」をとるとあたためるきかいになるフルーツはなあに？

KADOKAWA 発行：株式会社 KADOKAWA
※2017年6月現在の情報です。

なぞなぞの答《こた》え
1 北極《ほっきょく》 2 推理小説《すいりしょうせつ》
3 わたあめ 4 オレンジ

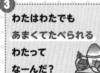

100年後も読まれる名作 3
美女と野獣

2017年7月21日　初版発行

作……ボーモン夫人
編訳……石井睦美
絵……Nardack
監修……坪田信貴

発行者……塚田正晃

発行……株式会社 KADOKAWA
〒102-8177　東京都千代田区富士見 2-13-3

プロデュース……アスキー・メディアワークス
〒102-8584　東京都千代田区富士見 1-8-19
電話 0570-064008（編集）
電話 03-3238-1854（営業）

印刷・製本……大日本印刷株式会社

ISBN978-4-04-892866-3　C8097

小社ホームページ　http://www.kadokawa.co.jp/
アスキー・メディアワークスの単行本　http://amwbooks.asciimw.jp/
「100年後も読まれる名作」公式サイト　http://www.kadokawa.co.jp/pr/b2/100nen/

カラーアシスタント　風香
デザイン　みぞぐちまいこ（cob design）
編集　田島美絵子（第2編集部単行本編集部）
編集協力　工藤裕一　黒津正貴（第2編集部単行本編集部）

郵便はがき

切手をはって
おくってね

102-8584

東京都千代田区富士見1-8-19
アスキー・メディアワークス　第2編集部
100年後も読まれる名作
アンケート係

住所、氏名を正しく記入してください。
おうちの人に確認してもらってからだしてね♪

住所	〒□□□-□□□□　都道府県　区市郡
氏名	フリガナ
性別	男・女　年齢　才　学年　小学校・中学校（　）年
電話	（　）
メールアドレス	
今後、本作や新企画についてご意見をうかがうアンケートや、新作のご案内を、ご連絡さしあげてもよろしいですか？	（はい・いいえ）

※ご記入いただきました個人情報につきましては、弊社プライバシーポリシーにのっとって管理させていただきます。詳しくは http://www.kadokawa.co.jp/ をご覧ください。

キリトリ

アンケートはがきをきって編《へん》集《しゅう》部《ぶ》におおくりください。

ぬりえもぬってみてね♪

キリトリ

ぬりえ

キリトリ

あなたの声をきかせてください！

「美女と野獣」をお買いもとめいただき、ありがとうございます。みなさんのご意見をこれからの参考にさせていただきたいと思いますので、下の質問におこたえください。

❶あなたは「100年後も読まれる名作」の何巻をもっていますか？

1．ふしぎの国のアリス　2．かがみの国のアリス　3．美女と野獣
4．怪人二十面相と少年探偵団

❷この本をえらんだのは、どなたですか？

1．お子さんご本人　2．父　3．母　4．祖父母　5．その他（　　　　　　　　　　）

❸この本をえらんだりゆうをおしえてください。（いくつでもOK）

1．あらすじがおもしろそう　2．表紙がよかったから　3．タイトルがよかったから
4．勉強(宿題)にやくだちそうで　5．さくさく読めそう　6．巻頭のマンガが気にいって
7．ポスターがついていたから　8．カラー絵だったから　9．さし絵がたくさんあるから
10．外国のお話が読みたかったから　11．名作が読みたかったから　12．学校の朝読用に
13．書評を読んで　14．値段がお手ごろだから　15．ビリギャル先生が監修してるから
16．この訳者のほかの本が好きで　17．大人にすすめられて　18．友だちにすすめられて
19．その他（　　　　　　　　　　）

❹この本の感想についておしえてください。

1．内容は？（A．おもしろい　B．ふつう　C．おもしろくない）
2．レベルは？（A．やさしい　B．ちょうどいい　C．むずかしい）
3．お話の長さは？（A．長い　B．ちょうどいい　C．みじかい）
4．さし絵は？　お子さんの感想（A．すき　B．ふつう　C．あまりすきじゃない）
おうちの方の感想（A．よい　B．ふつう　C．あまりよくない）

❺あたらしい巻やほかの巻も買ってみたいと思いますか？（　はい　・　いいえ　）

❻好きな本のシリーズやまんが、アニメ、ゲームがあればおしえてください。

（　　　　　　　　　　）

❼「100年後も読める名作」をなにでしりましたか？

1．本屋さんでみて　2．本に入っているチラシで　3．インターネット
4．学校・公立図書館　5．雑誌をみて（雑誌名　　　　　　　　　　）
6．その他（　　　　　　　　　　）

❽この本をだれかにオススメしたいですか？（　はい　・　いいえ　）

「はい」とこたえたあなた、**この本のうわさをゼッタイひろめてくれ**

『100年後も読まれる名作』へのご意見やご感想を自由にかいてください。イラストでもいいですよ。

・この欄に書かれたメッセージを「100年後も読まれる名作」の本、HP、チラシ、宣伝物等で紹介してもいいですか？

□名前を出して掲載可　□ペンネーム（　　　　　　　　　　）なら掲載可　□不可

※おうちの人に確認してもらってね♪

キリトリ